KRIEG

JOCHEN RAUSCH

# KRIEG

ROMAN

BERLIN VERLAG

Für meine Familie

MIX
Papier aus verantwortungsvollen Quellen
FSC® C083411


Umschlaggestaltung: ZERO Werbeagentur, München
Typografie: Birgit Thiel, Berlin
Gesetzt aus der Aldus von Greiner & Reichel, Köln
Druck und Bindung: CPI – Clausen & Bosse, Leck
Printed in Germany
ISBN 978-3-8270-1169-5

www.berlinverlag.de

*Die Familie ist das Einzige, was man wirklich hat.*
Dottie Mosher, Hausfrau
An American Family
Mohawk Valley, State New York, 2009

# ERSTER TEIL

## 01

In den Nächten hört er Schüsse, wenn es denn Schüsse sind. Manchmal hört er auch Schreie. Aber wenn Arnold die Tür aufzieht, nicht weiter als einen Spalt nur, dann sind da nichts als die Dunkelheit und das Rauschen des Waldes, das harmlose Gluckern des Bachs und ein gelegentliches Knacken im Geäst. Hin und wieder schwingt sich ein Vogel auf und schlägt mit den Flügeln. Seit Arnold auf dem Berg ist, verging nicht eine Nacht ohne Schüsse und Schreie.

An der Kasse des M-Marktes ist er der nächste Kunde hinter einem Alten, der den Rücken nicht geradebekommt. Der Alte schiebt seine Einkäufe aufs Band. Die Päckchen, Tüten und Konserven sind ihm schwer wie Ziegelsteine.

Mach doch schneller.

Diesmal sind es keine Schüsse oder Schreie, die Arnold sich einbildet. Diesmal ist er überzeugt, es ist etwas mit der Hütte. Seit er am Weinregal nach einem trockenen Weißen gesehen hat, denkt er es: Die Hütte könnte in Flammen stehen. Oder ein Steinschlag ist über sie niedergegangen. Man hört auch von Einbrechern.

Mit wackligen Händen reicht der Alte der Kassiererin die Geldbörse, dass sie die Scheine herausnimmt. Arnold legt seine Einkäufe aufs Band: Wein, Nudeln, Obst, Salz, Tee, bittere Schokolade, Zigaretten. Was ihm gerade fehlt dort oben. Nein, er hat keine Kundenkarte. Er will auch keine Bonuspunkte.

»Ich würd eine Kundenkarte nehmen«, sagt die Kassiererin.

»Aber ich brauch keine«, sagt er.

»Du gewinnst eine Reise nach Tunesien.«

Sie sitzt häufig an der Kasse des M-Marktes. Die Kassiererin ist jung und hat doch schon ein abgenutztes Lächeln. Eine Martina. Sie trägt das Namensschild am Kittelkragen. An ihrem Scheitel wächst die Färbung raus. Sie ist gar nicht blond, sondern brünett. Was ihm so auffällt.

»Ich will nicht nach Tunesien«, sagt er.

»Ach was«, sagt die Kassiererin, »Hauptsache, 's geht in die Sonne.«

Sie lacht. Eine geschickte Kassiererin ist sie. Der Scanner fiept und fiept, während sie redet und lacht. Und trotzdem dauert es für ihn zu lang. Wegen der verrückten Gedanken, die er sich um die Hütte macht. Er schiebt die Waren nach, bis die Martina aufsieht und den Kopf schüttelt.

»Was hast du's so eilig heut?«

Was soll er antworten? Soll er sagen, er denkt, etwas ist auf der Hütte passiert, während er im Dorf Einkäufe erledigt und am Weinregal nach einem Weißen sieht? Du spinnst doch, wird die Kassiererin sagen, du bist doch kein Hellseher oder der Herrgott. Ja, er spinnt. Ja, ja. Immerzu bildet er sich irgendetwas ein. Der Hund muss nur ein paar Minuten länger draußen bleiben als gewöhnlich, und schon glaubt Arnold, der sei über eine Felskante gerutscht und hätte sich das Genick gebrochen. Oder im Bach ersoffen. Es soll auch Wölfe geben dort oben, die einen Hund reißen wie ein dummes Lamm. Aber er hat noch keinen Wolf gesehen, und dem Hund ist ja auch nie etwas zugestoßen. Wie auch die Schüsse in der Nacht keine Schüsse sind und die Schreie keine Schreie.

Er legt der Kassiererin zu viele Scheine hin.

»Wenn's Geld über hast, dann brauchst auch keine Bonuspunkte«, sagt sie und lacht wieder.

Arnold grüßt, schiebt den Einkaufswagen auf den Parkplatz. Der Hund döst auf dem Beifahrersitz und schreckt hoch, als er die Fahrertür des Pick-ups aufzieht. Der Hund trippelt über die Sitze, bellt und wedelt mit dem Schwanz. Arnold verstaut die Einkäufe hinter den Sitzen.

»Platz«, sagt er, »Platz.«

Er tätschelt dem Hund den Hals, aber der springt weiter umher. Ein schlecht erzogenes Tier. Ein Straßenköter. Eine Mischung von irgendwas mit einem Labrador. Vor fünf Jahren hat Karen ihn auf einem Rastplatz an der Autobahn aufgelesen.

Er lässt den Motor an. Ein gutmütiges, gleichmäßiges Brummen. Wenn er sich beeilt, sind es keine zwanzig Minuten vom Dorf bis auf den Berg. Er überholt eine Golfkarre, bei der Apotheke laufen ihm Urlauber vor den Wagen. Sie schimpfen mit erhobenen Wanderstöcken. Er jagt den Pick-up durch den Tunnel unter der Landesstraße hindurch, zieht an einem Traktor vorbei, der lahm vom Feld holpert. Den Abzweig hinterm Golfplatz nimmt er so eng, dass der Hund vom Sitz rutscht.

Als Karen ihn fand, war der Hund noch ein Welpe und kauerte halbtot und zitternd vor Angst an einem Altglascontainer, um den Hals ein Stück rostiger Stacheldraht.

Arnold lacht, als der Hund wieder auf den Sitz kriecht. Er glaubt jetzt schon weniger, dass etwas mit der Hütte ist. Auf dem unteren Teil des Weges geht es Kurve um Kurve durch Querrinnen, über Schotter und Geröll. Wenn er diesen Weg fährt, besabbert der Hund sich das Fell. Er hat auch schon gekotzt im Wagen. Weshalb er jetzt den Kopf nach unten schiebt, dass er bloß nicht die Bäume und Sträucher und Farne sieht, die an dem Pick-up entlangfegen, davon kommt dem Hund ja das Kotzen.

Ab halber Höhe lauern Steinbrocken. Im Dämmerlicht könnten es auch Kadaver sein von Rotfüchsen und Dachsen. Wenn Arnold nicht ausweicht, schlitzen sie mit scharfen Kanten die Ölwanne auf wie eine Konservendose. Aber er weiß genau, wo die Steine liegen. Er hat sie selber im Sommer auf den Weg geschoben. Eine ganze Woche hat er dafür gebraucht. Seither kam kein Wanderer, kein Bergsteiger und kein Jäger mehr mit dem Wagen bis nach ganz oben.

Ganz oben, das ist Arnolds Berg. Der Name des Berges ist auf die Wegweiser geschrieben. Aber er nennt den Berg Berg. So wie er den Hund Hund nennt. Als Karen das Tier fand, gab sie ihm gleich an der Autobahn einen Namen. An den Namen kann Arnold sich nicht erinnern.

Nein, so ist es nicht richtig.

Er könnte sich an den Namen erinnern. Aber er will nicht.

## 02

»Hast du das gehört?«

»Was?«

»Da hat jemand gerufen«, sagt Sandra.

»Wo?«

»Nebenan.«

»Ich hab nichts gehört, Baby.«

»Doch, da hat jemand gerufen.«

»Wenn du es sagst.«

Sie schweben in Dunkelheit. Nur das Licht der Straßenlaterne schimmert durch die Ritzen des Vorhangs. Sandra raucht. Die Glut ihrer Zigarette leuchtet wie ein Glühwürmchen. Sie lässt das Glühwürmchen die Buchstaben seines Namens fliegen. *CHRIS*. Eigentlich heißt er Christian. Aber so nennen ihn nicht mal seine Eltern.

Chris ist noch gar nicht richtig wach. Er schläft immer ein danach.

»Was hat er denn gerufen?«, fragt er.

»Ruhe oder so was.«

»Aber wir sind doch ruhig.«

»Was weiß ich denn.«

»Vielleicht hast du schlecht geträumt, Baby.«

Baby, Baby, Baby.

Sandra mag nicht, wenn Chris sie so nennt. Er ist doch gar kein Angeber. Sonst nennt er sie ja auch immer Liebling. Das gefällt ihr viel besser als Baby.

Aber es ist sein Tag, und da kann er sie nennen, wie er will.

Seinen Tag hätten sie auch zu Hause verbringen können. Sie haben es schön dort. Drei Zimmer, Balkon, Einstellplatz im Innenhof. Sie wohnen in der Nähe des Bahnhofs, aber trotzdem ist es ruhig. Da können sie bleiben, auch wenn mal ein Kind kommt.

»Wirst du mich vermissen, Baby?«, sagt er und nimmt ihre Hand.

Gleichzeitig lässt er den Fernseher flimmern. Der Apparat ist auf tonlos gestellt. Sie streicht über sein Tattoo. Vorletztes Jahr hat er sich ihren Namen auf den Arm stechen lassen.

*Sandra forever.*

Das war sein Verlobungsgeschenk. Fetzen von Schlagermusik kriechen unter der Zimmertür durch. Nebenan ist ein Klingeln. Als läutete jemand ein Glöckchen. Es könnten auch Eiswürfel sein, die in einem Glas klirren.

»Lass mich auch mal, Baby«, sagt er.

»Natürlich werde ich dich vermissen, was denkst du denn«, sagt sie, als Chris an der Zigarette zieht.

Dass er so redet, dass sie rauchen im Bett und Sekt trinken und den Fernseher laufen lassen, dass ihre Kleider überall im Zimmer verstreut sind, ihren BH hat er über die Lampe geworfen, und sie musste lachen, als sie ihn dort baumeln sah, dass sie überhaupt hier sind, in diesem Hotel, das alles gehört zu ihrem Spiel.

Sie zieht an der Zigarette. Vierundzwanzig ist sie und seit vier Jahren mit Chris zusammen. Seit einem Jahr sind sie verlobt. Müsste sie sagen, wie sie sich fühlt mit ihm, wäre glücklich das passende Wort.

Verliebt, verlobt, verheiratet, hat Sandra kürzlich zu Nicole gesagt. Nicole ist ihre beste Freundin.

»Und wann heiratet ihr?«

»Wenn Chris zurück ist.«

Sie sagte es so dahin. Ohne nachzudenken. Sie kann sich nichts anderes vorstellen. Nein, so ist es nicht ganz richtig. Sie kann schon, aber sie will nicht. Allein daran zu denken, macht ihr Angst.

Chris beugt sich zu ihr, saugt sanft an ihrer Brust. Sein Bart kitzelt. Den hat er sich stehen lassen, seit er weiß, dass er geht. Die Haare hat er sich abrasiert. Als wollte er dort ein anderer sein. Ein Chris mit Bart und ohne Haare. Sie streicht ihm über den Kopf. Wie sehr sie ihn liebt. Fein knistern die Härchen unter ihren Fingern.

»Mmh«, sagt er, »das ist geil.«

Von nebenan kommt ein Ploppen. Es könnte der Korken einer Sektflasche sein. Vielleicht machen die es sich dort auch gemütlich, so wie sie beide. Wer weiß.

## 03

Der Pick-up macht eine überraschende Bewegung, einen Ruck, einen Schlenker zur Böschung hin. Das Lenkrad verreißt. Ein Knall. Arnolds Kopf prallt gegen den Türholm, ein Schlag wie mit der Faust. Ein messriger Schmerz schießt ihm von der Schläfe bis hinter das Auge. Er reißt das Lenkrad herum, hält es fest, bremst ab.

Noch nie ist er gegen einen der verdammten Steine gefahren. Noch nie. Er dachte, er käme den Weg auch mit geschlossenen Augen herauf. Er hat die Bergfahrt schon in elf Minuten und dreiundvierzig Sekunden geschafft. Das ist sein Rekord. Der Motor ist aus. Der Hund hebt den Kopf. Arnold reibt sich die Schläfe, lässt den Motor wieder an.

Alle paar Tage fährt er hinunter ins Dorf. Heute hat er in der Buchhandlung eine Zeitschrift für Architektur gekauft, weil ihm die Fotos gefielen. Im Sportgeschäft probierte er Wanderschuhe an, die nicht passten. Er nahm dann einen Pullover. Zuvor war er noch auf dem Postamt gewesen.

»Wie immer, der Herr? Zweihundert?«

Der Postmann trägt einen Schnauzer mit Spitzen wie die Flügel von Libellen. Arnold holt die Zweihundert alle vier Wochen. Wenn es so weitergeht, reicht das Geld länger, als er lebt. Selbst wenn das noch dreißig Jahre dauert. In dreißig Jahren ist er achtzig.

Nach den Steinen kommt eine Steigung von fünfunddreißig

Grad. Auf das Verkehrsschild, das sie anzeigt, hat jemand mit einem Gewehr geschossen. Die Einschusslöcher sind angerostet. Am Anstieg muss er in den niedrigsten Gang, und jedes Mal, wenn der Pick-up den Hang emporkriecht, kommt es ihm vor, als ritten er und der Hund auf einer Schildkröte.

Auf dem letzten Stück hinter der Brücke über den Bach wird der Weg flacher. Er gibt Gas, lässt den Pick-up durch die Kurven driften, dass der Wagen ächzt und knirscht, dass sich der Hund in den Sitz krallt, dass er jault und den Kopf schüttelt wie der Alte an der Kasse des M-Markts. Worüber er nun lachen muss. Er lacht auch über seine Hirngespinste jetzt. Was soll denn schon sein mit der Hütte?

Der Weg ist aufgeweicht vom Regen. Auf dem flachen Stück unterhalb der Hütte drehen die Reifen durch. Er setzt den Wagen vor und zurück, zwei, drei Mal geht das, dann erst steht der Pick-up an seinem Platz zwischen den beiden Rotbuchen.

## 04

Ach ja, das Spiel. Es war Chris' Idee. Er spielt ja so gern. Counter Strike, Fußballwetten, Poker, Paintball. Dummes Jungenzeug. Das Spiel, das sie beide spielen, funktioniert so: Sie gehen ins Hotel Central, einzeln natürlich. Es ist nur einen Katzensprung von ihrer Wohnung entfernt. Wenn Sandra wollte, müsste sie nur den Vorhang zurückschieben und könnte den Balkon sehen, den rotweißen Sonnenschirm und die Blumen.

Also, das ist schon mal verrückt, gleich nebenan ein Hotelzimmer zu nehmen. Das weiß sie auch. Es ist so verrückt, dass sie nicht mal Nicole von dem Spiel erzählt.

Wenn sie das Hotel betritt, hockt er schon an der Bar. Das

Central ist ordentlich. Drei Sterne. Da sind oft Geschäftsleute. Wenn in der Stadt eine Messe ist, verlangen sie für die Zimmer das Doppelte. Sandra bleibt in der Lobby, blättert in Zeitschriften. Bis sie es kaum noch aushält. Manchmal drehen sich Geschäftsleute nach ihr um, und hin und wieder wird sie auf einen Drink eingeladen.

Wenn die wüssten.

Hat Chris lange genug gewartet, setzt sie sich ans andere Ende der Theke. Die beiden sehen in ihre Drinks und beachten sich nicht. Irgendwann lässt er ihr einen Caipirinha servieren, und ihr gleitet der Rocksaum nach oben.

»Verrätst du mir deinen Namen?«, fragt er, wenn er sich neben sie setzt.

»Ich heiße Melanie«, sagt sie, manchmal auch, sie heiße Jennie oder Nicki.

»Schöner Name«, sagt er.

Jetzt sind Schritte nebenan. Dann Stille. Eine Minute vielleicht. Die Wasserspülung. Dann wieder Schritte, sie bewegen sich zum Fenster. Noch mal Stille, ein paar Sekunden nur. Für einen Blick auf die Straße könnte es reichen.

»Die Wände hier sind aus Papier.«

Sie denkt darüber nach, ob sie zu laut war vorhin, als sie mit Chris schlief.

»Mmh«, sagt er.

An der Bar fängt er noch vor dem zweiten Caipirinha mit den Geschichten an. Er ist dann gar nicht Chris, sondern ein Joe aus Las Vegas, der Aston Martins verkauft, aber nur noch so lange, bis seine Band den Durchbruch schafft.

»Wir nennen uns The Asses.«

»Hört sich gut an«, sagt sie und rührt möglichst gelangweilt in ihrem Drink.

»Weißt du, was ›The Asses‹ bedeutet?«

»Denke schon.«

»Die meisten glauben, es heißt ›Die Ärsche‹. Wegen asshole, verstehst du?«

»Ist es nicht so?«

»Das ist ja der Witz, dass ›The Asses‹ auf Deutsch ›Die Esel‹ heißt.«

An der Stelle lachen sie beide.

Und dann erzählt dieser Joe aus Las Vegas noch andere seltsame Geschichten. Dass er im Hoover Dam mal einen Hai geangelt hat, dass er in der Wüste auf den Rotorblättern eines Hubschraubers einen Kojoten gegrillt, dass er beim Black Jack im Trump Tower eine halbe Million Dollar gewonnen und sie gleich darauf nebenan im MGM beim Roulette wieder verloren hat. Und während Joe all das erzählt, legt er die Hand auf ihren Schenkel.

Chris ist so süß.

Heute hat er nur gesagt, er heiße Joe und verkaufe Aston Martins in Vegas. Seine Hand war sofort auf ihrem Bein. Es ist ihr letzter Abend. Und dann waren sie auch schon auf dem Zimmer. Zimmer sieben. Das nehmen sie immer.

»Hey, Baby«, sagt er, streicht ihr über Brust und Bauch, schiebt die Hand zwischen ihre Schenkel und lässt einen perfekten Kringel aus Rauch zur Zimmerdecke steigen.

»Hab ich dir schon gesagt, dass du das schärfste Girl der Stadt bist?«

Soll er doch Baby zu ihr sagen, soll er doch so reden wie die Macker in diesen Ami-Filmen. Sandra weiß doch, was mit ihm los ist. Sie weiß, wann er Angst hat. Dann kriegt er die trockene Haut. Die Haut in seinem Gesicht wird so trocken, dass ihm die Schuppen runterrieseln wie Schnee.

# 05

Vom Parkplatz des Pick-ups bis zur Hütte sind es dreihundertdreizehn Schritte. Wind raschelt in den Ästen der Bäume. Der Mond schimmert durch die Wipfel. Der Wald ist finsterer heute als sonst. Arnold keucht vom Aufstieg. Der Hund läuft voraus. Alle zehn, zwanzig Schritte sieht er sich um. Der Rucksack mit den Einkäufen zerrt schwer an seinen Schultern, er beeilt sich, dem Hund auf dem seifigen Grund zu folgen.

Es hat geschneit in der Nacht. Der erste Schnee des Herbstes. Lockerer Pulverschnee nur, der lautlos zu Boden sank. Am Morgen klarte es auf, die Sonne stieg an den Himmel, wärmte den Wind, und die dünne weiße Decke schmolz schnell bis auf wenige Flecken dahin.

Jemand war auf dem Weg. Vor kurzem erst. Fußabdrücke sind da. Er leuchtet die Spur mit der Taschenlampe aus. Das Profil eines Sportschuhs vielleicht. Bergauf. Bei der Fichte, die im Winter umgestürzt ist, schlägt der Hund an. Arnold geht da hin, schiebt den nassen Farn beiseite, bückt sich. Ein Steinmarder in der Falle. Jemand hat dem Tier den Kopf zertreten. Lange kann er da nicht liegen, das Blut ist hellrot. In den nächsten zwei, drei Fußabdrücken kleben Blut und Hirn des Marders, danach verliert sich die Spur.

Arnold hat jetzt kaum noch Luft. Schweiß rinnt ihm über Stirn und Rücken. Sein Herz hat einen wuchtigen Schlag. Unwegsames Gelände hier oben, bloß weite Geröllfelder, Grate und Kanten. Seine Hütte hockt so dicht am Fels, als sei sie aus dem Stein gewachsen. Dahinter ragt senkrecht die Felswand empor. Dreißig Meter vielleicht. Nur vierzig Schritte seitwärts springt ein Bach aus der Wand. Im Winter erstarrt sein

Wasser zu Eis. Im Sommer besprüht er Wiese und Moos am Fuße des Felsens. Hin und wieder stellen sich Urlauberkinder da auf, strecken dem Sprühregen die Arme entgegen und hören gar nicht mehr auf mit dem Lachen.

Der Hund ist weitergelaufen. Schlägt an, muss jetzt an der Hütte sein. Alle paar Meter bleibt Arnold stehen, holt Luft. Vom Schlag gegen den Holm hat er ein Pochen in der Schläfe. Das Gelände um die Hütte ist von einem schulterhohen Holzzaun eingefriedet. Der Hund ist am Gatter, mit der Schnauze am Boden. Das Gatter steht offen, was nichts bedeuten muss. Es steht häufig offen. Seit Wochen schon schiebt er die Reparatur des Schlosses auf.

Der Hund schlüpft durchs Gatter, läuft auf die Veranda der Hütte. Sie ist überdacht, dort sind ein Stuhl und ein schmaler Tisch, wo Arnold häufig sitzt und ins Tal herunterblickt.

Die Hütte ist flach, die Decke nur drei Handbreit über seinem Kopf. Es gibt einen Wohnraum und eine Vorratskammer. Ein Schuppen lehnt sich an. Unterhalb der Veranda breitet sich eine steil abfallende Wiese aus. Sie ist hundertfünfzig Schritte tief und hundertsiebzig breit. Hinter dem Zaun verläuft ein Wanderpfad, wo aber selten Wanderer langkommen.

Das ist sein Stück Erde. Arnolds heiliges Land. Außer ihm hat keiner etwas verloren hier oben.

## 06

»Sei mal still«, flüstert Chris, »jetzt hab ich auch was gehört.«

Aber Sandra ist doch still. Sie hört die Schlagermusik. Eine Tür schlägt zu. Schnelle Schritte auf dem Flur. Der Lift rumpelt laut aus dem Bauch des Hotels, als sei der Schacht zu eng.

Auf der Straße dröhnt ein Motorrad vorbei. Aus dem Saal weht fröhliches Schreien und Klatschen. Als Sandra nach dem Zimmerschlüssel fragte, trugen die Kellner gerade Schweinshaxen auf Kartoffelbrei und Rotkraut aus der Küche. Die Kellner schwitzten, und die Haxen zitterten.

»Hört sich an, als heult da jemand nebenan.«

»Ich höre nur die blöden Schlager.«

»Ist das vielleicht ein Hund?«

»Jetzt hör ich's auch. Aber ein Hund heult ganz anders.«

»Wie denn?«

»Ein Hund jault doch mehr, als dass er heult. Und er zieht nicht die Nase hoch.«

»Du bist ein ganz schön schlaues Mädchen, Baby.«

Er steht auf, legt das Ohr an die Wand. Eine perfekte Figur hat er. Kein Gramm zu viel. Und groß ist er, viel größer als Sandra. Neben diesem Riesen ist sie wirklich ein Baby.

»Jetzt ist es wieder still da.«

»Komm her, du Spanner«, sagt sie und wirft mit dem Kissen nach ihm.

Er fängt es auf, deutet einen Korbwurf an, lässt sich ins Bett fallen, grapscht nach ihr, sie weicht aus, schreit auf, er packt sie, fasst ihr an den Hintern, sie schreit wieder, er stopft ihr mit der Zunge den Mund.

Sie liebt ihn wie sonst nichts auf der Welt.

»Was war das denn?«

Er sieht auf die Wand. Das Bild dort zeigt einen Holzsteg, der in ein blaugrünes Meer hinausführt. Der Steg hört nicht auf, reicht ganz bis zum Horizont.

»Der hat ein Glas an die Wand geworfen, oder?«

»So hat es sich angehört.«

»Der ist doch wohl verrückt geworden.«

»Vielleicht waren wir zu laut.«

»Ich geh da jetzt rüber.«

»Etwa so?«, fragt Sandra und lacht.

Er sieht an sich runter. Er ist ja nackt. Chris kann sich schnell aufregen. Vor allem, wenn er was nicht einsieht.

»Komm lieber her, Joe, und verkauf mir einen Aston Martin.«

Er grinst, vergisst das Nebenan und kriecht zu Sandra aufs Bett. Sie küssen sich, als hätten sie sich noch nie geküsst. Sie machen es leise. Mal abgesehen vom Knarren des Betts. Schön ist das. Er ist hinter ihr, sein Atem flüstert ihr ins Ohr. Das Bett schaukelt wie ein Kahn auf windstillem Meer. Als sie so weit sind, drücken sie ihre Gesichter in die Kissen.

»Er geht baden«, sagt sie, als sie wieder bei Atem ist.

»Wer?«

»Der im Nachbarzimmer.«

»Woher willst du das wissen?«

»Er lässt Wasser in die Wanne.«

»Wir könnten auch in die Wanne gehen, was meinst du?«

»Liebst du mich?«

»Das weißt du doch, Baby.«

»Ich will's aber hören«

»Ich liebe dich, Baby.«

»Nein, nicht so«, sagt sie. »Sag's ohne Baby.«

»Ich liebe dich, Sandra.«

Sie muss schlucken, so schön ist das.

»Ich liebe dich auch.«

Fast fängt sie an zu heulen, als sie es sagt. Nebenan knarrt das Bett. Da sind auch Stimmen. Es hört sich nach Fernsehen an.

»Psst«, macht sie jetzt, ganz nah an seinem Kopf, »psst.«

Chris schläft. Sein Gesicht ist so friedlich. Sie streicht über den Flaum auf seinem Kopf. An irgendwas schluckt er. Sie pustet eine Schuppe von seiner Stirn. Er streckt sich. Seine Füße kriechen unter der Decke hervor. Er ist ein Riese, zwei Meter groß.

Ein friedlicher Riese.

Nebenan wird gehustet. Im Fernseher läuft ein Sommerhit. Sie mag das Lied und schläft ein.

## 07

Auch hier oben auf dem Berg gibt es also keinen Frieden. Arnold stellt den Rucksack ab. Die Tür steht eine Handbreit offen. Auf dem Boden die Türklinke, Holzspäne und Schrauben. Vermutlich haben sie es mit dem Brecheisen gemacht. Also doch kein Hirngespinst. Der Hund bellt in den schwarzen Spalt, wagt sich aber nicht weiter hinein.

»Sei still«, sagt er und ist verblüfft, als der Hund das Bellen aufhört.

Er schiebt die Tür auf. Die Lichter funktionieren nicht. Er findet die Taschenlampe, schaltet sie ein. Sein Stuhl liegt auf dem Rücken. Die Schranktüren hängen schief in den Angeln. Das Regal auf einem Berg aus Büchern. Auf den Holzdielen funkeln Scherben aus Porzellan und Glas. Sie haben den Topf mit der Suppe vom Herd gezogen und seine Koffer unter dem Bett hervorgeholt, haben Arnolds Hemden, Hosen und das Badezeug aus den Koffern gezerrt, wo die Kleider auf den nächsten Sommer warteten.

Karen hat einmal gesagt, man solle für Einbrecher immer zwei, drei Geldscheine auf der Kommode bereitlegen.

»Wenn sie kein Geld finden, schlagen sie alles kurz und klein aus lauter Wut.«

Sie haben alles kurz und klein geschlagen.

Karen war immer auf alles gefasst, auf Glatteis, Hitze, Moskitos und Zecken, auf Schnupfen, Zahnschmerzen und Einbrecher. Nur nicht auf das Schlimmste.

Die Wanduhr liegt zersplittert am Boden, der Minutenzeiger steht ab. Die Aquarelle sind zerschnitten. Das Tischchen, auf dem Arnold Obst und Gemüse schneidet, liegt mit zerschmetterten Beinen da. Der Schemel ist zertreten, das Glas des Spiegels ausgeschlagen.

»Sie können alles behalten, was in der Hütte ist«, hatte die Tochter des Bildhauers zu Arnold gesagt. Sie war erleichtert gewesen, als er ja sagte, sie wolle an ihren Vater, über den sie sagte, er sei bis zum letzten Atemzug ein galliger, starrköpfiger Mann gewesen, durch bloß kein Erbstück erinnert werden.

Wenn Arnold aus den Gläsern des Bildhauers trinkt, wenn er von dessen Tellern isst, wenn er im Bett des Bildhauers liegt, seine Gemälde und Schnitzereien betrachtet und dazu eine Radiosendung hört, gibt er sich gern der Illusion hin, das Leben eines anderen zu führen. Das Leben eines einsamen Künstlers weit oben in den Bergen, weit weg von allem und unerreichbar, während der Arnold Steins aus Königstein im Taunus, ein Lehrer für Geografie und Sport, nicht mehr existiert.

Der Hund schnüffelt an den Möbeln, jault und winselt. Kalt strömt der Abend durch die offene Tür. Auf der Brüstung der Veranda klopft Arnold eine Zigarette aus der Packung. Das Rauchen hat er angefangen, als er herkam vor zwei Jahren. Er blickt in den Himmel, sieht auf die Berge, den Bach und den Wald. Die Hotels und Gaststätten im Tal leuchten die Touristen zum Abendessen. Die Berge warten in dunstigem Grau auf die Nacht. Der Hund legt sich zu seinen Füßen, hält den Kopf schräg und hechelt gegen den Mond.

Er zieht an der Zigarette. Im Radio hat er irgendwann mal eine Reportage über Elefanten gehört. Dass Elefanten ihre Feinde auf Hunderte Meter Entfernung wittern, selbst wenn sie sie weder sehen noch hören noch riechen.

Dann bin ich wohl ein Elefant.

In den Wolken brummt ein Flugzeug. Gleichmäßig blinkt das Positionslicht. Im Dorf schlagen die Kirchglocken. Der Hund fiept wie eine Katze jetzt. Der Abendwind bewegt die Fichten und bläst das Laub von Ahorn, Buche und Eiche. Im Licht des Mondes schimmern die Skulpturen des Bildhauers auf der Wiese grün und grau. Das ist das Erstaunliche, dass die Skulpturen immer wieder andere Farben annehmen.

Er wirft die Kippe auf einen Schneeflecken. Der Hund hebt den Kopf, folgt ihm in die Hütte. Er sieht nach dem Radio. Telefunken 1950. Mit sieben Schaltern, die wie zu kurz geratene Klaviertasten aussehen. Die Axt steckt tief im Nussbaumgehäuse, als hätten die Einbrecher das Ding in zwei Teile zerschlagen wollen. Meist schaltet er Sender ein, die über Kurz- oder Mittelwelle kommen. Aus dem Rauschen und Knacken hört er die fremden Sprachen heraus, die seltsamen Musiken aus Japan, Alaska, Arabien oder Afrika. Abends lässt er sich Bücher vorlesen, und häufig schläft er darüber ein.

Er öffnet den Stromkasten, drückt die Sicherung rein. In der Hütte flammt Licht auf, doch das Radio bleibt stumm.

# 08

Sandra erwacht davon, dass wieder jemand schreit. Vielleicht träumte sie das Schreien auch nur. Sie hört Chris atmen. Sie könnte ihm ewig beim Schlafen zusehen.

Noch drei Stunden. Sie will nicht, aber dann kommen ihr doch die Tränen. Wegen Chris hat sie zum ersten Mal in ihrem Leben vor Glück geweint. Und jetzt weint sie, weil sie ihn nicht verlieren will. Sie schiebt den Kopf an den Rand der Matratze. Die Tränen tropfen auf Laken und Teppich. Sie zündet sich eine Zigarette an, wischt mit dem Handrücken über die Augen. Dann ist der Lidschatten eben hin, und sie sieht aus wie eine Vogelscheuche in ihrer letzten Nacht.

Nebenan fällt eine Schranktür zu. Eine Schranktür klingt anders als eine Zimmertür. Was man so alles weiß. Sie ertastet eine Gummimatte unter dem Laken. In Hotelbetten ist das üblich. Jetzt weiß sie auch, warum. Dass ihnen die Mädchen mit ihren Tränen nicht die Matratzen ruinieren.

»Was ist, Baby?«

»Was soll sein?«

»Dachte nur, es ist was.«

»Nein, nichts.«

Sie behält das Lächeln und schluckt die Tränen weg. Chris drängt sich an sie. Er küsst ihre Schläfe, atmet in ihren Nacken, streichelt ihr über den Bauch, über Beine und Brüste.

Sie will nicht, dass er geht.

Hinter der Wand ist ein Rauschen, ein Husten. Ein kehliges, rauchiges Husten. Sie kennt sich damit aus als Sprechstundenhilfe bei einem Arzt. Da husten genug, die sich die Lungen schwarz geraucht haben.

»Das ist gar kein Mann.«

»Woher weißt du das?«

»Ich hör's am Husten.«

»Du kannst Frauen und Männer am Husten unterscheiden?«

»Was denkst denn du?«

»Ich sag doch, du bist schlau, Baby.«

Das Bein ist ihr eingeschlafen. Als sie es unter Chris hervorzieht, kribbeln Wade und Fuß.

»Aua, mein Bein.«

»Komm her.«

»Ich will nicht, dass du gehst«, sagt sie.

»Aber ich komme doch zurück.«

»Ich will es trotzdem nicht.«

Er kniet auf dem Bett und massiert ihr den Schenkel.

»Wir könnten fernsehen, Baby.«

»Es ist deine Nacht.«

»Fernsehen und dann noch mal. Okay?«

Er schaltet den Fernseher ein. Videoclips. Sie sehen nicht hin, halten einander im Arm. Das Licht von den Videos flackert unter der Decke wie Kaminfeuer.

»Reißt die Alte da drüben die Tapete von der Wand?«

Jetzt hört Sandra es auch. Dann ein Plätschern.

Chris dreht sich zu ihr mit einem Kuss.

»Was meinst du, Baby, sollen wir uns einen Film reinziehen?«

Er schaltet das Pay-TV ein, sie hört ein Keuchen und Jammern, zwei Frauen stöhnen da. Sandra sieht hin, sieht einen riesigen steifen Schwanz, der einem Kerl gehört, der aus der Kehle grunzt.

»Mach das weg«, sagt sie, »bitte.«

»Klar, Baby, das können wir besser, oder?«

Er lacht und küsst sie.

Sie kriecht in seine Arme. So liegen sie da und sehen auf den toten Bildschirm. Nebenan wieder Husten. Dann Jaulen. Ein Jaulen ganz tief erst und dann sehr hoch. Als Kind hat Sandra gesehen, wie ein Junge eine Katze mit dem Springseil erwürgte. So ähnlich jaulte die Katze auch.

»Hört sich nicht gut an«, sagt Chris.

Er streichelt ihr über den Nacken, sie greift nach hinten, fasst nach seiner Hüfte, streichelt seinen Oberschenkel.

Sie will nicht, dass er geht.

## 09

Als Arnold die Möbel verrückt, die Scherben zusammenfegt und die Suppe aufwischt, als er das Regal wieder aufstellt und die Bücher einräumt, während das Feuer im Kamin knistert und auf dem Herd eine neue Suppe kocht, während all dieser Arbeiten vermisst er die Worte und Musik aus dem Radio.

Zuletzt schiebt er das Bett an seinen Platz, und dabei kommt ihm der Karton in den Sinn. Den er verschlossen hat, mit Schnüren und Dutzenden Knoten, um ihn vielleicht nie wieder zu öffnen. Er kriecht unters Bett. Doch da ist kein Karton. Da ist nur Staub. Der Hund kommt herbei mit wedelndem Schwanz. Er hält es für ein Spiel und zwängt sich mit unters Bett, er jault und fiept, wie immer, wenn er spielen will.

»Geh weg«, sagt Arnold.

Doch diesmal gehorcht er nicht und jault nur noch lauter. Das Spiel unterm Bett hat er noch nie gespielt. Arnold muss niesen vom Staub. Er stößt sich am Rahmen, und da erst fällt ihm ein, dass er den Karton im Frühjahr in den Schuppen getragen hat. Dort ist unter einer Steinplatte ein Hohlraum, ein altes Versteck. Er hat Briefe und Schulzeugnisse des Bildhauers darin gefunden, Geldscheine, die nicht mehr gültig waren, Skizzen, Fotos und Postkarten. Nichts davon hat er angerührt, nur den eigenen Karton dazugelegt.

*Asche zu Asche.*

Erst jetzt fällt ihm auf, dass auch der Schuppen aufgebrochen wurde. Aber sonst scheint alles an seinem Platz. Vielleicht fehlte die Zeit, den Schuppen zu durchwühlen. Vielleicht haben sie den Pick-up gehört, als er den Berg heraufkam, und sind davongelaufen.

Mit aller Kraft stemmt er sich gegen den Stiel des Spatens. Er schafft es, den Stein herauszuhebeln, der Hund kommt herbei, streicht um ihn rum und hält auch das für ein neues Spiel, während Arnold die Steinplatte zur Seite wuchtet und erleichtert ist, in der Aussparung den Karton zu ertasten, die Schnüre und Knoten.

Der Hund schmiegt sich an ihn und leckt ihm die Hand.

»Lass das«, sagt er und ist erstaunt, als das Tier davontrottet.

## 10

Sie wacht davon auf, dass ein Motorrad über die Straße heult. Gleich halb fünf, dann haben sie noch eineinhalb Stunden. Blöde Gummimatte, sie schwitzt davon, und nebenan rauscht weiter das Wasser durchs Rohr.

»Kannst du auch nicht schlafen?«, fragt Chris.

»Ich will, aber ich schaff es nicht.«

»Geht mir genauso. Dieses verdammte Rauschen.«

»Ich könnte auch nicht schlafen, wenn's still wär«, sagt sie.

»Ich will noch nicht sterben.«

Er sagt es ganz leise, kaum hörbar, und sie ist nicht sicher, ob sie richtig versteht.

»Du stirbst nicht«, sagt sie.

»Und wenn doch?«

»Du bist viel zu schlau.«

»Das hat nichts mit Schlausein zu tun.«

»Doch, ich weiß, dich kriegen sie nicht.«

»Sie haben schon welche gekriegt, die schlauer waren als ich.«

»Glaub ich nicht.«

»Und wenn doch? Was dann?«

»Ich denk nicht dran.«

»Nimmst du dir dann einen anderen?«

»Bist du verrückt?«

»Du bist viel zu jung für eine Witwe.«

»Sag doch nicht so was. Sonst krieg ich Angst.«

Auf dem Flur schlägt eine Tür. Jemand lacht. Der Aufzug rumpelt durchs Haus. Ein Lastwagen rattert unterm Fenster entlang. Vielleicht ist es auch schon der erste Bus.

»Versprichst du mir was?«

»Wenn ich kann.«

»Versprich, dass du dir einen anderen nimmst, falls ich nicht zurückkomm.«

»Sag doch nicht so was.«

»Ich will nicht, dass man uns beide mit einer einzigen Kugel abknallt, verstehst du?«

»Ich will das nicht hören«, sagt sie und fängt an zu weinen.

»Wein doch nicht. Ich sag's doch nur, falls mal was passiert.«

»Sag ihnen, du bist krank.«

»Ich liebe dich, Liebling.«

»Ich liebe dich auch.«

Er nimmt sie in den Arm, sie küssen sich. Gerade denkt sie, sie küsst ihn vielleicht zum letzten Mal.

»Vergiss das mit dem anderen«, sagt er dann, »ich komme zurück, ich versprech's dir hoch und heilig.«

»Dann bin ich beruhigt.«

Jetzt fahren schon viel mehr Autos da draußen. Einmal wird gehupt. Weit dahinter rattern die Morgenzüge.

»So, jetzt lach mal wieder«, sagt er.

»Ja«, sagt sie und wischt sich die Tränen weg.

»Besser?«

»Ja, besser.«

»Cool.«

»Willst du noch mal?«, fragt sie.

»Ich will dich nur im Arm halten, ist das okay?«

»Dachte nur, du willst vielleicht noch mal, weil du ja jetzt so lange weg bist.«

Sie versucht sich an einem Lachen.

»Du bist so cool, Kleines, du machst mich glücklich.«

»Und du mich erst.«

Er lacht, und sie lacht jetzt auch.

»Das Wasser läuft noch immer.«

»Ich kann sowieso nicht mehr schlafen.«

»Ich auch nicht.«

»Es wird schon hell.«

»Von mir aus kann's für immer dunkel bleiben.«

# 11

Arnold streicht über den Deckel des Radios, bläst die Splitter weg, fährt mit den Fingern über den Stiel der Axt. Für den Hieb muss jemand eine Menge Wut gehabt haben.

Er geht auf die Veranda hinaus, raucht eine Zigarette. Ein Geschwader aus dunkelgrauen Wolken schiebt sich vor den Mond. Es könnte wieder Schnee geben. Eine erste Flocke schwebt herab und trudelt zu Boden. Der Hund ist auf die Wiese gehetzt, schnappt danach und schluckt sie weg, bevor sie ins Gras sinken kann.

Die Skulpturen des Bildhauers sind jetzt schwarz und silbrig grau. Anfangs dachte er, sie stellten nichts dar als verdrehte, mannshohe Körper ohne Köpfe und Arme. Aber dann fielen ihm die Farbunterschiede auf, und er fand es heraus: Es sind sieben Paare, eng ineinander verschlungen im Tanz.

Der Hund springt nach den Schneeflocken. Sie fallen jetzt dicht an dicht, eine Armee aus Schneeflocken. Arnold pfeift auf den Fingern, der Hund springt herbei und schüttelt sie ab. Er zieht die Tür auf, der Hund drängt sich rein in die Hütte, der Wärme des Feuers entgegen.

Später löffelt Arnold die Suppe, und der Hund nagt am Knochen. Im Kamin zischt die Glut. Es schneit immer stärker.

Punkt elf geht der Doc auf Sendung.

»Good evening folks. This is Doc from Manchester.«

Bevor er auf den Berg kam, hat Arnold sich um Musik nicht groß gekümmert. Er hörte, was gerade in der Luft war. Erst der Doc lehrte ihn, Musik zu verstehen. Den Folk, den Blues, den Tango, das Chanson.

Der Doc hat Tricks. Er erzählt Geschichten. Geschichten von Anglern, die nie einen Fisch fingen, dass er in einem Museum eine Tasse heißer Schokolade trank oder im Zug neben einer Rothaarigen saß, der ein Schneidezahn fehlte. Wenn Arnold sich noch fragte, welche Bedeutung diese Geschichten hatten, spielte der Doc die Songs über Fische, die nicht schwimmen konnten, über Maler, die ihrer Liebe Bilder aus heißer Schokolade malten, und Frauen, die ihre Zähne in den Schultern ihrer Liebhaber verloren.

Der Wind treibt den Schnee über die Wiese, und ihm wird klar, dass es falsch war, zuerst das Türschloss zu reparieren und die Möbel aufzustellen, die Scherben wegzufegen und die Suppe zu kochen.

Besser, er wäre gleich in den Ort gefahren für ein neues Radio.

Der Hund sieht zu ihm, als erwarte er, dass irgendetwas geschieht, dass sie bloß nicht allein bleiben mit dieser Stille, mit dieser Nacht.

Vor der Arnold sich fürchtet, genau wie der Hund.

Der bringt ihm den zerbissenen Ball. Arnold bückt sich danach. Er öffnet die Tür, er schleudert den Ball in die Nacht hinaus. Sieht ihn fliegen und dann im Schnee versinken.

Der Hund jault auf, bleibt in der Tür stehen, schleicht in die Hütte zurück und streckt sich aus auf der Decke am Kamin. Während sich Arnold, noch in den Kleidern, aufs Bett legt und der Stille der Nacht ergibt.

## 12

Im Aufwachen greift sie nach ihm und fasst ins Leere.

»Chris?«

»Ich muss los. Es ist gleich sechs.«

Er ist bei der Tür. Trägt die Uniform und auch schon die Stiefel. Der Kleidersack lehnt an der Wand. Daneben liegen ihre Schuhe, die schwarzen mit den hohen Absätzen. Er wedelt mit Sandras BH und hat ein Lachgesicht.

Aber er lacht nicht.

»Ich bring dich zum Zug«, sagt sie.

»Das musst du nicht.«

»Ich will es aber.«

»Dann musst du dich beeilen, Baby, sonst fahren die ohne mich.«

»Das wär mir lieber.«

»Mir auch.«

»Warum hast du mich nicht geweckt?«

»Du siehst so süß aus, wenn du schläfst.«

Sie zerrt die Strumpfhose hoch, bis sie zerreißt, wirft sich den Mantel über die Schultern und schlüpft in die Schuhe.

Vom Flur kommen Stimmen.

»Na dann«, sagt er.

»Ja«, sagt sie.

»Komm her, Baby, ich trag dich.«

»Warum?«

»Weil ich will.«

Er schultert den Kleidersack, fasst sie unter den Achseln und Knien. So trägt er sie durchs ganze Treppenhaus. Sie muss nur aufpassen, dass ihr die Schuhe nicht von den Füßen rutschen.

Unten vor dem Hotel setzt er sie ab. Sie fassen sich bei den Händen. Straßenbahnen rattern vorbei, Busse, Autos, Taxen. Die Backstube am Bahnhof ist hell erleuchtet. Eine blonde und eine rothaarige Verkäuferin stehen da mit frisch gebügelten Schürzen und warten auf Kundschaft. Es duftet nach Brötchen und Kaffee und Morgen. Die Passanten warten an der roten Ampel und gehen bei Grün.

Sie will nicht, dass er geht. Sie drückt seine Hand, so fest sie nur kann. Sie hält ihn an, tupft eine Schuppe von seiner Braue, drückt fest ihren Kopf gegen seine Brust. Da, wo das Herz schlägt, steht sein Name geschrieben.

»Wenn du zurück bist, machen wir weiter mit uns, okay?«

»Und ob«, sagt er und macht sich los.

## 13

Hin und wieder ist da ein Knistern im Kamin, sonst herrscht Stille. Als Licht hat er nur die Reste der Glut. Er liegt auf dem Bett. Ohne Radiostimmen, ohne den Doc, ohne Musik, ohne Lesungen, die kein Ende haben. Die Maserungen und Kanten der Balken erscheinen ihm wie der Plan einer unbekannten Stadt. Seine Erinnerungen sind schneller als der Schlaf.

»Nein«, sagt er, »nein.«

Er setzt sich auf, schaltet das Licht an und blättert in einem Roman. Mit lauter Stimme liest er vor. Der Hund schüttelt sich, legt den Kopf auf die Vorderläufe.

Seiner eigenen Stimme zuzuhören ist etwas ganz anderes.

Er klappt das Buch zu. Auf dem Dach ist ein Nagen und Kratzen, durch die Tür hört er das Rauschen des Waldes und den Ruf eines Bussards. Zischelnd sackt ein Scheit in die Glut des Kamins.

Er steht auf, zieht den Pullover über, schiebt die Tür auf, läuft durch den Schnee zum Schuppen. Der Hund ist hinter ihm. Die Zither liegt auf dem Regal bei den Konserven, unberührt seit Jahren und mit stumpfen Saiten, unter einer Schicht aus schwarzem Staub. Er trägt sie in die Hütte, bläst den Dreck weg, schlägt die Saiten an, drückt und zupft, doch sosehr er sich müht, es ergibt keine Melodie, die er gerne hört.

Der Hund fängt an zu bellen.

»Sei doch ruhig«, sagt er, »verdammt noch mal.«

Aber der Hund hat ja recht. Es ist keine Musik. Er wirft die Zither in den Kamin, wo die Flammen über sie herfallen. Rasch frisst sich das Feuer ins Holz, lodert es aus dem Schallloch, flirrende Knalle, wenn die Saiten aus den Verschraubungen platzen und in die Glut peitschen. Funken stieben auf, und er bildet sich ein, die Zither schreie um ihr Leben. Dann ist sie nur noch ein stummes Stück Holz, das, schweigend und tot, zu Asche verbrennt.

*Tot. Wie sie ihn ansah. Mit diesem erloschenen Blick. Komm schon, mach die Augen auf.*

Er springt auf, reißt die Jacke vom Haken, vielleicht verkaufen sie ihm doch noch irgendwo ein Radio, auch wenn es tiefe Nacht ist, vielleicht muss er bis zur Autobahn, an die Raststätte, wo die Fernfahrer auf den nächsten Tag warten, oder er fährt herum und hört so lange Autoradio, bis es Morgen wird.

Der Hund rappelt sich auf, will mitkommen, doch Arnold ist schneller, schlägt die Tür hinter sich zu, springt von der Veranda, hört den Hund heulen und am Türholz kratzen. Er läuft bergabwärts, der Schnee gibt nach, einmal stürzt er über einen Ast, schlittert auf dem Bauch, stößt mit der Stirn an einen Stein, ein greller Schmerz, an einem Strauch findet er Halt, er greift in Dornen, zieht sich hoch, schüttelt den Schnee ab, läuft weiter, kommt an den Wagen und erschrickt, weil an dem Pick-up gelblich die Scheinwerfer glimmen.

Mit Fingern, die steif sind vor Kälte und bluten von Dornen, schließt er den Wagen auf, schiebt sich hinter das Lenkrad, sticht den Schlüssel ins Zündschloss, aber zu mehr als einem Röcheln des Motors hat die Batterie keine Kraft. Er tritt noch ein paar Mal aufs Gas, dreht den Schlüssel im Zündschloss, doch der Motor bleibt still. Selbst das Licht in der Fahrerkabine erlischt. Er dreht das Radio auf, ein letzter Fetzen Musik fliegt aus den Boxen, eine Frauenstimme verebbt, und er sitzt da und sieht den Schnee im Licht des Mondes schimmern.

Tränen hat er schon lange nicht mehr.

Später, als die Kälte ihm unter die Kleider und in die Knochen kriecht, stapft er die dreihundertdreizehn Schritte zur Hütte hinauf, duckt sich unter dem schwarzen, leergeschneiten Himmel.

Er schiebt die Tür auf, der Hund springt an ihm hoch, mit bebendem Maul, und bellt, doch er hört ihn nur aus weiter Ferne, als verstopfte der Schnee ihm die Ohren.

Er legt sich aufs Bett, so starr und kalt und nass wie einer der Baumstämme da draußen, und breitet die Arme aus. Augenblicklich beginnt die Matratze zu schwanken, schwankt wild wie ein Boot auf offenem Meer. Aus dem Schwanken wird ein Schweben, als treibe er dahin in der lackschwarzen See unter stockfinsterem Himmel. Eisbrocken bedrängen ihn mit ihren scharfen Kanten, wollen ihn hinunterstoßen von seinem frostkalten Lager, wollen, dass er versinkt in diesem unendlich tiefen Ozean, wo Karen schon wartet mit lächelnden Augen.

Er zieht die Luft ein wie ein Taucher, er braucht sie jetzt für den Gesang, er singt Kinderreime, Weihnachtslieder, Schlager, erinnert sich an Songs, die ihn der Doc gelehrt hat. Er singt ganz laut, so dass sie ihn hört auf dem schwankenden Bett aus pechschwarzem Eis. Und dann irgendwann singt auch der Hund. Sie singen zum Rhythmus des knisternden Feuers, sie singen, bis ihnen die Kräfte schwinden, bis aus Arnolds

Gesang ein heiseres Flüstern und aus dem Jaulen des Hundes ein tonloses Röcheln geworden ist. Erst jetzt schläft er ein und versinkt mit gebrochenem Herzen in trostlosem Schlaf.

# ZWEITER TEIL

## 14

Die Uhr tickt gegen Mitternacht. Früher ging Arnold um diese Zeit ins Bett. Früher, als der Junge noch nicht im Krieg war.

Mit den Nachtwachen begann er am Tag, als Chris in den Krieg flog. Er erinnert sich, dass es ein Samstag war. Am Morgen jenes Tages hatte er mit Karen in der Küche am Fenster gestanden. Sie hatten gehofft, die Zeit möge schneller vergehen. Die Nachbarn beluden das Auto mit Fahrrädern, sie blickten in den regengrauen Himmel und verzogen die Gesichter.

»Deren Sorgen hätte ich gern«, sagte Karen.

»Was denn für Sorgen?«

»Zu fürchten, dass es regnet.«

Sie standen dicht beieinander am Fenster, und aus den Augenwinkeln sah er ihr Kinn beben. Er legte einen Arm um ihre Schultern, und sie wurde starr.

»Mach dir keine Sorgen«, sagte er, »der Junge kommt heil zurück.«

»Woher willst du das wissen?«

»Ich weiß es eben.«

»Du redest die Dinge schön, seit ich dich kenne.«

Er hatte sie doch bloß beruhigen wollen. Wie sie sich immer beruhigten und trösteten, seit einunddreißig Jahren schon. Sie wollte sich aus seiner Umarmung lösen, er aber hielt sie fest. Der Hund verstand es falsch. Kam herbeigehetzt, bellte und jaulte, als müsste er Karen vor Arnold beschützen.

»Nun sei doch still«, sagte er.

Sie gab dem Hund die Umarmung, die er von ihr wollte.

»Ich geh noch mal raus mit ihm«, sagte sie, nahm die Leine vom Haken und war schon weg.

Mitternacht. In der Nachbarschaft leuchten nur vereinzelte Lichter. Man steht früh auf in der Siedlung, also geht man auch früh ins Bett. Hier leben ordentliche Leute. Irgendwo röhrt ein Motor. Der Nieselregen scheint festgefroren im Licht der Laterne.

Dass er Karen noch immer liebt, auch nach dieser langen Zeit, denkt er. Wenn es Unstimmigkeiten gibt zwischen ihnen, dann fast immer wegen des Jungen. Sie ist eine andere Karen, wenn es um Chris geht. Sie ist dann eine Karen in Sorge, eine Mutter, die immer auf der Seite ihres Jungen ist, ganz gleich, was er denkt, sagt oder macht. Nicht selten dachte Arnold, er gehörte nicht mehr dazu, gehörte gar nicht mehr zu seiner eigenen Familie.

Selbst dem Jungen ist ihre Zuwendung manchmal zu viel. Sie wollte ihn sogar zum Bahnhof bringen und dem Zug hinterherwinken, der Chris zur Kaserne brachte. Er lachte darüber wie über einen absurden Scherz, umarmte seine Mutter, hob sie an wie ein Kind.

»Mom, ich gehe nicht auf Klassenfahrt«, sagte er, als ihre Gesichter auf einer Höhe waren, »und außerdem bringt mich Sandra zum Zug.«

Karen hustet. Sie sitzt im Wohnzimmer vor dem Fernseher, und sicher liegt der Hund zu ihren Füßen.

Es ist jetzt sechs Jahre her, dass Chris nach Frankfurt gezogen ist. Es wäre ihnen lieber gewesen, er hätte studiert. So wie sie auch. Aber der Junge wollte nicht. Er fing an als Tischler in einer Schreinerei. Karen hat sein Zimmer nicht mehr angerührt, seit er weg ist. So ist es ein Chris-Museum geworden. Ein nackter Schrank, ein Bett ohne Bezug, ein leerer Schreibtisch. An den Wänden die Poster seiner Lieblingsbands. Es gibt auch eine Dartscheibe ohne Pfeile und ein Regal, auf dem alte Schulbücher verstauben.

Vom Garten her kreischt eine Katze. Der Hund hat es gehört und bellt.

»Psst«, macht sie, und der Hund ist still.

Für die Nachtwachen hat Arnold den neuen Computer gekauft. Der öffnet die Internetseiten so schnell, wie ein Wimpernschlag dauert. Noch wartet er, ihn einzuschalten, wartet, bis Karen im Bett ist.

Neben den Stundenplan für die Schule hat er die Fotos geheftet. Er ist ein begabter Fotograf. An der Schule leitet er die Foto-AG. Die neueste Aufnahme ist wenige Monate alt. Chris lächelnd im Basketballtrikot, den Ball unterm Arm, seine Haut glänzt vom Schweiß, und im Hintergrund werden die Fahnen geschwenkt. Ein riesiger Kerl ist der Junge. Ein Kerl von zwei Metern, hundertdrei Kilo und vierundzwanzig Jahren.

Auf einem anderen Foto ist er drei. Geburtstag. Er hat einen Fuß auf dem Tritt seines Rollers und schaut mit der Ernsthaftigkeit eines Kindes, das dem Tod schon einmal näher war als dem Leben. Er hatte ja auch um sein Leben gekämpft. Tag und Nacht hatten sie beide in der Klinik gewacht. Sie hatten die Transfusionsnadeln und Spritzen unter der eigenen Haut und in den eigenen Venen gespürt, hatten den Jungen auf ihren Armen gewiegt, wenn er vor Schmerzen schrie oder zitterte wie ein aus dem Nest gefallener Vogel.

Er hatte nicht gewusst, dass ein zweijähriges Kind Angst vor dem Sterben haben konnte. Aber so war es gewesen.

»Chris ist ein großer Kämpfer«, hatte der Oberarzt gesagt in der Nacht, als es um alles ging.

»Es ist ihr verdammter Job, ihn am Leben zu halten«, hatte Arnold erwidert.

»Nein«, war die Antwort des Arztes gewesen, »das ist jetzt der Job Ihres Jungen.«

Die Maschinen auf der Intensivstation summten und surrten. Karen war auf einer Wartebank eingeschlafen. Kabel, Kanülen und Infusionen waren in Chris hinein- und aus ihm herausgekrochen. Er lag da wie schon tot, mit aufgerissenen Augen, als fürchtete er selber, sie zu schließen und dann zu sterben.

»Du stirbst nicht, Junge, hörst du?«, hatte Arnold geflüstert.

Er sagte es einmal, zweimal, hundertmal, tausendmal, ihm immer wieder ins Ohr, dass der Junge bloß nicht einschlief. Fast ein Jahr brauchte Chris, um wieder gesund zu werden. Danach hatten sie keinen Mut mehr gehabt für ein zweites, ein weiteres Kind, auch wenn das immer ihr Plan gewesen war: drei Kinder.

Meist bleibt Karen bis zum Ende der Spätnachrichten vor dem Fernseher. Jedes Mal ist sie erleichtert, wenn die Wettervorhersage beginnt und der Krieg in der Sendung gar nicht erwähnt wurde. Er hört den Schlussakkord der Nachrichten, und Karen schaltet den Fernseher aus. Dann hört er im Bad das Wasser laufen und die Zahnbürste surren. Der Hund tappt die Treppe herunter und rollt sich vor ihm aus. Also fährt er den Computer hoch.

Seit Chris im Krieg ist, fürchtet sich Karen nicht nur vor den Nachrichten. Sie fürchtet sich auch vor dem Telefon. Sie glaubt, sie rufen an, wenn etwas passiert. Aber so ist es gar nicht. Sie schicken den Angehörigen einen Offizier und einen Militärseelsorger ins Haus. Das hat er im Internet gelesen. Das und all die anderen Sachen über den Krieg. Wenn Karen wüsste, was er weiß, könnte sie nicht einmal mehr mit Schlaftabletten einschlafen.

Ihre Zahnbürste wird still. Der Hund hebt den Kopf, spitzt die Ohren, leckt sich das Maul.

Im Posteingang sind sieben neue Nachrichten. Schüler, Eltern, der Rektor. Das Hotel, in dem er mit Karen die Osterferien verbracht hat, wirbt mit Rabatt für ein Wellness-Tennis-Weekend. Die siebte Mail ist von Chris. *Nicht so gut*, steht im Betreff.

Er erschrickt, als der Hund auf die Beine kommt, warum auch immer den Kopf in den Papierkorb steckt und da herumschnüffelt.

»Sitz«, sagt er.

Der Hund sieht nicht auf, trottet nur wie beleidigt hinaus. Die Krallen seiner Pfoten klackern auf den Treppenstufen. Karen ist noch im Bad. So lange wartet er mit der Mail.

*Nicht so gut.*

Es dauerte ganze fünf Tage, bis er endlich die erste Mail aus dem Krieg bekam. Mit jedem Tag hatte er den Computer nur noch flehentlicher hochgefahren. Schreib doch endlich, schreib.

*Hi Dad, alles megacool hier. Wir hatten einen super Flug. Leider ohne Stewardessen. Es gab auch keinen Tomatensaft und kein Bordkino. Scheißservice beim Bund (haha). Die Jungs hier sind sehr okay. Immer weiß einer einen Witz. Wir sind nur am Lachen. Das Camp ist auch okay. Von den Männern mit Bärten ist nichts zu sehen. Fast so cool wie am Strand hier, allerdings ohne Meer. Sag Mom, alles bestens bei mir. Chris.*

Er hat die Mail so oft gelesen, dass er sie auswendig hersagen kann wie ein Gedicht.

Zwei Wochen später mailte der Junge ein Foto. Chris im Kampfanzug. Er hockt auf einem Klappstuhl. Auf seinen Knien ein Helm mit Sprechfunkapparatur. An seinem Gürtel hängt eine Handgranate. Am Stuhl lehnt ein Gewehr. Die Stiefel des Jungen sind staubbedeckt. Hinter Chris erhebt sich ein gewaltiges, nacktes Gebirge aus braunen und grauen Felsen. Die deutsche Fahne flattert am Mast, und die Abendsonne schimmert einen rötlichen Glanz auf sein Gesicht. Er lächelt ein Abenteurerlächeln und raucht. Raucht so sehr, dass die Glut hellrot ist. Auf einem Kocher ein schwarz verbrannter Topf. Dürrer Dampf steigt davon auf. Der Topf steht schief, könnte jeden Augenblick vom Kocher rutschen.

Erst später fiel Arnold auf, wie albern es war, über den verdammten Kochtopf nachzudenken. Da sitzt ein Soldat in der Wüste und lässt sich für seine Leute in der Heimat fotografieren. Er bringt sich in Positur und denkt an seine Freundin und seine Eltern, will ihnen ein Lächeln nach Hause schicken und vergisst darüber sogar die Scharfschützen, die dort irgendwo im Gebirge lauern und auf eine solche Gelegenheit nur warten. Und dem Vater des Soldaten fällt nichts Besseres ein, als sich Gedanken über einen verbeulten Kochtopf zu machen.

*Hi Dad, ich wusste gar nicht, dass ein Krieg so langweilig sein kann. Röttger meint, vielleicht machen die Männer mit Bärten gerade Urlaub (Röttger ist übrigens auch Basketballer. Er hat das Foto gemacht. Schönen Gruß von ihm). Noch schlimmer als die Langeweile ist der Staub. Man hat den Scheißstaub sogar zwischen den Zähnen & in der Arschritze.*

*Falls du dich fragst, was in dem Topf ist: heute Gulasch mit Kartoffeln. Morgen gibt es Kartoffeln mit Gulasch. Essen doof. Dass sie zu allem DOOF sagen, haben die Jungs erfunden, die vor uns hier waren. Taliban doof. Burka doof. Staub doof. Uhr doof. Na ja, irgendwie muss man die Zeit ja plattmachen. Hab ausgerechnet, wie lange der Dienst am Vaterland noch geht: drei Monate und zehn Tage. Ich leg mich jetzt mal auf die Matte. Wenn man sechzehn Stunden pennt, dauern die Tage nur halb so lang, sagt Röttger. Grüße an Mom, Chris.*

Der Hund kommt zurück, kriecht unter den Schreibtisch und legt sich auf Arnolds Füße.

»Hast du noch was von Chris gehört?«, fragt Karen, als sie aus dem Bad kommt.

»Nein, nichts.«

»Keine neue Mail?«

»Nein.«

»Ich frage mich, warum er nicht schreibt.«

»Bestimmt schreibt er morgen.«

»Das hast du gestern schon gesagt.«

»Ich sag's dir, sobald was kommt.«

»Gute Nacht«, sagt sie.

»Gute Nacht.«

Die Tür des Schlafzimmers klickt ins Schloss, und Arnold öffnet die neue Mail.

*Dad, kannst stolz auf mich sein. Bin jetzt Hauptgefreiter. Sonst nicht so gut. Röttger ist vorgestern auf eine Scheißmine getreten. Wäre er einen halben Meter weiter links gegangen, wäre ihm nichts passiert. Da stand ich. Röttgers linkes Bein ist unterm Knie abgerissen. Habe gekotzt, als ich das sah. Scheiße. Was mit dem anderen Bein wird, wissen sie noch nicht.*

*War heute mit ein paar Jungs bei ihm. Basketball kann ich vergessen, hat er gesagt, aber wenigstens sind meine Eier noch dran. Röttger ist echt cool. Vielleicht besser, du sagst Mom nichts davon. Sandra weiß es auch nicht. Minen sind doof. Chris.*

Vorgestern. Es war nichts in den Nachrichten von einem Soldaten, der auf eine Mine getreten ist. Vielleicht ist es nicht schlimm genug, wenn es einem Soldaten das Bein abreißt.

## 15

Das Klopfen kommt zögernd. Aber laut genug, dass Arnold davon erwacht. Durch die Stelle, wo die Einbrecher die Tür aufgestemmt haben, fällt ein schmaler Streifen Licht. Er muss dringend den Rahmen und das Schloss reparieren.

Der Hund bellt dem Klopfen entgegen. Im Kamin kokelt die Glut. Davon ist noch eine angenehme Wärme in der Hütte. Das Klopfen wird lauter. Er langt nach dem Schürhaken und blickt durch den Sehschlitz.

Auf der Wiese eine dünne Schicht Schnee. In den Wipfeln der Fichten hängt milchiger Dunst. Der Ausblick ist nie derselbe, jeden Tag sieht er ein anderes Bild. Der Hund kratzt an der Tür und jault. Arnold schlüpft in die Hose und streift das Hemd über.

»Hallo? Ist da jemand?«, hört er eine Stimme. »Bitte machen Sie auf.«

Es ist die Stimme einer Frau. Er schiebt den Riegel zurück. Sie sind zu zweit. Das Gesicht der Dunkelhaarigen ist von grauem Kapuzenfell gerahmt. Sie hat die Lippen dunkelrot geschminkt, was merkwürdig ist. Als wolle sie zu einem Fest und nicht auf den Berg. Die andere Frau hat eine Brille und trägt eine blaue Wollmütze. Rotblonde Locken drängen darunter hervor. Ihre Haut ist hell wie der Dunst über der Wiese.

»Sie sind unsere Rettung. Ich habe mir den Fuß vertreten, als ich über den Bach springen wollte«, sagt die Dunkelhaarige.

»Wir hätten mit dem Handy Hilfe gerufen«, sagt die Rotblonde, »aber wir wissen leider ja nicht so genau, wo wir sind.«

»Und da haben wir den Rauch aus Ihrer Hütte gesehen und dachten, vielleicht wohnt hier ein netter Mensch«, sagt die andere und lacht. »Sie sind doch ein netter Mensch, oder?«

Er sucht nach dem passenden Wort für ihren Gesichtsausdruck und ihr Gerede. Spöttisch, ja, spöttisch ist das richtige Wort.

Die Frau streicht sich eine Strähne aus den Augen, schürzt die Lippen. Sie muss sich was einbilden auf ihre vollen Lippen.

»Ich glaube, das Ding da brauchen Sie nicht«, sagt sie und fügt mit Kinderstimme hinzu: »Wir sind doch nur zwei schwache Mädchen.«

Sie lacht, und Arnold legt den Schürhaken auf den Stuhl.

»Dürfen wir reinkommen?«

Man kann ihren Atem sehen, so kalt ist es vor der Tür. Erst da fällt ihm auf, dass er noch nichts geantwortet hat.

»Ja, bitte«, sagt er.

Der Hund stellt sich auf die Hinterbeine und will der Rotblonden die Hand lecken. Sie packt ihn wie einen alten Vertrauten, krault ihm den Kopf, der Hund streckt sich gegen die Vorderläufe aus und jault zufrieden. Die Dunkelhaarige humpelt zum Sessel, schnürt die Wanderschuhe auf, streift die Socke ab. Arnold rückt ihr den Hocker heran, sie streckt die Zehen gegen die Glut. Ihre Fußnägel sind in derselben Farbe lackiert, wie ihre Lippen geschminkt sind. Dunkelrot.

»Oh, das tut gut«, sagt sie und legt ihre Hand auf seinen Arm.

Er zieht ihn weg, legt Scheite auf die glimmende Glut. Rasch lecken Flammen am Holz. Die Rotblonde hat den Hund zu ihren Füßen und putzt ihre Brillengläser mit einem Tuch.

»Wir sind Cousinen«, sagt sie, »meine Cousine heißt Sabine. Ich heiße Anne.«

»Jetzt sagen Sie bitte nicht, dass wir stören«, sagt die andere.

»Nein, Sie stören nicht.«

Es entsteht eine Stille, in der die Dunkelhaarige sich den Knöchel massiert und der Hund an der Hand ihrer Cousine schnuppert.

»Sie haben sich aber einen verlassenen Flecken Erde ausgesucht«, sagt die Dunkelhaarige, »und ausgerechnet da muss ich mir den Fuß vertreten.«

Sie macht zwei, drei übertriebene Schluchzlaute und lacht. Arnold dreht ihr den Rücken zu und brüht Tee auf. Er schabt Möhren, stellt Brot, Käse und Wurst auf den Tisch, während die Frau in ihrem monotonen Singsang weiterplappert. Über die Landschaft, über das Wandern, über das Wetter und den zu frühen Schnee.

Die andere flüstert mit dem Hund. Der wirft sich auf den Rücken und lässt sich den Bauch kraulen.

»Was ist mit dem Radio passiert?«, fragt die Dunkelhaarige, als ihre Cousine irgendwann schweigt.

»Das waren Einbrecher.«

»Was hat denn das arme Radio getan?«, sagt sie und streicht über das gesplitterte Holz.

»Vielleicht war's aus Wut. Weil sie nichts gefunden haben.«

»Ach, seien Sie doch froh, dass das alte Ding kaputt ist«, sagt die Dunkelhaarige, »in dieser Einöde brauchen Sie etwas Moderneres, einen Weltempfänger mit mindestens tausend Sendern.«

Sie lacht wieder, als Arnold die Teekanne auf den Tisch stellt. Aus der Tülle steigt eine feine Fahne aus Dampf.

»Greifen Sie zu«, sagt er, und die Rotblonde lacht, weil der Hund sich angesprochen fühlt, aufspringt und zu seinem Napf trabt.

## 16

Jeden Abend liest er die Mails, die der Junge geschickt hat, noch einmal. Der Hund gähnt, als Arnold den Computer herunterfährt. Er krault ihm das Fell. Eigentlich mag er es nicht, den Hund zu berühren, aber manchmal überwindet er sich dazu.

Die Hundeliebhaberin in ihrer Familie ist Karen. Von ihr hat auch Chris seine Liebe zu Tieren. Der Junge war noch ein Baby, als sie ihn aus dem Kinderwagen hob, jedes Mal wenn sie beim Spazierengehen einem Hund begegneten. Sie führte ihm die Hand, dass er das Fell des Tieres berührte. Später lief Chris von alleine hin, warf Stöcke und streichelte sie, selbst dann, wenn sie nervös oder böse wirkten.

Über all die Jahre hatte er verschiedene Hunde. Wenn ihm einer starb, bekam er einen neuen. Sie schliefen in seinem Zimmer. Nie wurde er müde, ihnen Stöcke und Bälle zu werfen, mit ihnen zu reden, die Hunde zu streicheln und zu küssen, ihnen die Zecken aus dem Fell zu drehen. Für die Tierarztrechnungen trug er Zeitungen aus.

Arnold lässt die Jalousien herunter. Es ist eine Stunde nach Mitternacht. Jetzt, wenn alles still und dunkel ist, dann ist ihm der Junge am nächsten. Er hält das Foto von Chris und Bronco ans Licht. Bronco war ein Golden Retriever und immer müde. So müde, dass er in der Garageneinfahrt geschlafen hatte, als ihn der Möbelwagen überfuhr.

Es hatte wie aus Eimern geregnet an dem Tag, was Chris nicht davon abhielt, im Garten für seinen toten Hund das Grab auszuheben. Mit einer Kinderschaufel. Als wollte er die Arbeit so lange wie möglich hinauszögern. Nach Stunden stand er bis zur Hüfte in dem Erdloch und schöpfte das Regenwasser mit einem Trinkbecher aus. Schließlich legte er Bronco in das nasse Grab und schaufelte die Erde so langsam, wie er sie ausgehoben hatte, über seinen toten Freund.

»Er liebt seinen Hund mehr als uns«, hatte Arnold zu Karen am Fenster gesagt.

»So etwas darfst du nicht sagen, bitte«, war ihre Antwort gewesen.

Er schaltet das Licht aus. Der Hund macht einen merkwürdigen Laut, als würde er husten.

»Sei ruhig«, sagt er, und der Hund jault, aber so leise, dass es kaum zu hören ist.

## 17

Der Duft von Parfum, Seife und Shampoo überdeckt alle anderen Gerüche. Die beiden Frauen sind die ersten Fremden in seiner Hütte. Vor dem Bücherregal legt die Rotblonde den Kopf schräg, hin und wieder zieht sie einen neuen Band heraus.

»Das sind wunderschöne alte Bücher.«

Er schneidet einen Kanten Brot ab und weiß nicht, was er antworten soll. Er ist nicht geübt im Reden nach der langen Zeit.

»Ist Ihnen nicht einsam hier oben?«, fragt die andere.

»Nein.«

»Und Angst haben Sie auch nicht so allein?«

»Vor wem sollte ich Angst haben?«

»Vor Einbrechern vielleicht?«

»Das waren dumme Jungs. Die wollten nur Zigaretten klauen.«

»Und sie haben das schöne Radio kaputtgeschlagen«, sagt die Rotblonde.

»Es soll übrigens Wildschweine geben hier oben, wussten Sie das?«, sagt die Dunkelhaarige, bläst die Backen auf und macht ein albernes Geräusch.

»Ich habe hier noch keine gesehen. Aber sie wären mir immer noch lieber als die Menschen«, sagt er.

Die Dunkelhaarige hält das für einen Scherz und lacht.

»Und bestimmt sagen Sie jetzt, dass Sie noch nicht einmal ein Handy haben, stimmt's?«

»So was brauche ich hier nicht.«

»Haben Sie denn keine Familie?«

Ihre Cousine räuspert sich, dreht sich zu ihm hin.

»Haben Sie all die schönen Bilder gemalt?«

»Nein, der Bildhauer, dem die Hütte gehörte.«

»Ach, Sie sind mir vielleicht ein seltsamer Vogel«, sagt die Dunkelhaarige. »Sie haben uns übrigens noch gar nicht Ihren Namen verraten.«

»Ich glaube, wir sollten aufbrechen, Sabine«, sagt ihre Cousine.

Arnold tätschelt dem Hund den Kopf. Der knurrt, rappelt sich auf und schüttelt sich.

»Ich heiße Steins.«

»Und haben Sie auch einen Vornamen?«

»Arnold.«

»Und der Hund«, sagt die Dunkelhaarige, »wie heißt der Hund?«

»Der Hund heißt Hund.«

»Ein passender Name für einen Hund.«

Sie sagt es und lacht.

Er hält ihr stand, ihrem Kopfschütteln, dem spöttischen Blick. Sie glaubt, sie sei an einen Verrückten geraten. Er wünscht sich, dass die beiden schnell verschwinden.

»Bitte«, sagt die Rotblonde wieder, als könnte sie in seinen Gedanken lesen, »bitte Sabine, wir sollten jetzt nicht länger stören.«

»Aber wir stören doch nicht, oder?«, sagt die Dunkelhaarige zu Arnold und grinst ihn an. Ihre Wangen haben eine sanfte Rötung angenommen, vielleicht vom Feuer aus dem Kamin.

»Nein, Sie stören nicht.«

»Siehst du«, sagt sie zu ihrer Cousine.

»Trotzdem.«

Die Dunkelhaarige steht auf, tippt der anderen mit der Fingerspitze auf die Nase, verzieht im selben Moment das Gesicht vor Schmerz.

»Es tut furchtbar weh«, jammert sie, als sie über die Dielenbretter humpelt.

»Ich würde Sie ja zu einem Arzt fahren«, sagt Arnold, »aber mein Wagen springt nicht an.«

»Wir nehmen ein Taxi«, sagt die Rotblonde.

Sie wählt eine Nummer und reicht ihm das Handy, und er beschreibt der Zentrale den Weg.

Sie sagen, es dauert eine Stunde, bis ein Wagen auf dem Berg sein kann. So lange räumt die Rotblonde den Tisch ab und spült das Geschirr, auch wenn er das nicht will.

Später, als ihre Cousine unter Stöhnen endlich wieder die Socke über den Fuß streift, wirft sie dem Hund vor der Hütte den Tennisball.

Die Dunkelhaarige bejammert jeden Schritt, den sie dem Taxi entgegengehen. Es hat aufgeklart und ist sogar überraschend warm. Sie hakt sich bei Arnold ein. Sie hat nicht gefragt. Er hält sie so, dass sie sich kaum berühren. An einer abschüssigen Stelle greift sie seine Hand, weshalb er erschrickt. Er fühlt sich erleichtert, beim Parkplatz des Pick-ups das Taxi zu sehen.

»Na dann vielen Dank, Sie Emerit«, sagt die Frau und lacht das Lachen eines Mädchens.

Sie verdreht die Silben, denkt er und schiebt sie von sich weg. Doch dann umarmt sie ihn und spitzt die Lippen. Er hält sich ganz steif, sie schiebt die Wange an sein Gesicht, macht unter seinem Ohr das Geräusch von Küssen.

Die andere reicht ihm nur die Hand. Sie lächelt.

»Auf Wiedersehen«, sagt sie.

»Ja«, sagt er, »auf Wiedersehen.«

Der Hund hetzt hinter dem Taxi her. Bis zur Brücke hält er mit. Arnold pfeift auf den Fingern. Der Hund bremst ab, bleibt stehen, sieht sich um, da ist er schon längst auf dem Weg zurück. Der Hund holt ihn ein, trottet neben ihm her, die Schnauze am Boden, als mache der Duft der Frauen ihn noch immer verrückt.

# 18

Das leise Summen des Computers und die Uhr, die die Sekunden abtickt, sind die einzigen Geräusche. Er schaltet das Radio an. Barjazz klimpert auf. Aus dem Wohnzimmer trottet der Hund heran und legt sich ihm zu Füßen. Im Bad dreht Karen den Wasserhahn auf, dann summt die Zahnbürste. Sonst geschieht nichts, und da ist auch keine neue Nachricht von Chris.

In den ersten Wochen der Nachtwachen, wenn er auf Mails des Jungen lauerte, erschien ihm die Spanne bis zum Schlafengehen oft unüberwindbar. Später hat er sich angewöhnt, Seite für Seite die Zeitung zu lesen, hörte Musiksendungen und Hörspiele, schaute sich im Internet nach Filmen und Büchern um. Und auch nach Hotels für den Urlaub.

»Was hältst du von Italien?«, hat er Karen vor einigen Tagen gefragt, als sie beim Abendessen saßen. »In den Herbstferien nach Lucca, Florenz oder Venedig, das wär doch schön.«

Sie hatte den Blick nicht vom Teller gehoben. Hatte nur aufgehört zu essen und leise das Besteck zur Seite gelegt und sich mit der Serviette über den Mund gewischt. Dann erst sah sie auf.

»Ich verstehe dich nicht.«

»Was ist denn daran nicht zu verstehen?«

»Merkst du denn gar nicht, wie albern das ist?«

Er hatte keinen Streit riskieren wollen und war vom Tisch aufgestanden, um Zeit zu gewinnen. Er nahm ein Glas aus dem Schrank und schenkte sich Wasser ein.

»Was ist so albern daran, ein paar Tage zu verreisen?«

»Albern ist, dass du Dinge wichtig nimmst, die nicht wichtig sind.«

»Aber unser Leben muss doch irgendwie weitergehen, Liebling, ich ...«

»... dein Leben geht vielleicht weiter, meins tut es nicht, solange der Junge ...«

»... Liebling, ich ...«

»... Liebling, Liebling. Ein ganzes Leben lang kenne ich dich nur mit Angst. Du hast doch sogar Angst vor der Angst. Aber plötzlich scheint es dir nichts auszumachen, was mit dem Jungen wird, und du kommst mit lächerlichen Gedanken an Florenz oder Venedig.«

Es war boshaft. Natürlich. Boshaft und verletzend. Es traf ihn am schwächsten Punkt. Er hatte sie ablenken wollen. Wie albern. Als sorgte er sich deswegen weniger um Chris. Als stünden sie im Wettstreit, wer sich mehr fürchtete, dem Jungen könne etwas zustoßen in diesem verdammten Krieg.

Sie schaltet das Licht im Badezimmer aus.

»Hat Chris sich gemeldet?«

»Nein, heute nicht.«

»Dann gute Nacht«, sagt sie und schließt die Tür.

So geht es jeden Abend. Arnold erhebt sich, klappt den Deckel der Uhr hoch, schiebt den langen Zeiger um die fünf Minuten vor, die er der Zeit am Tag hinterherläuft.

Er hat sich immer sicher gefühlt mit Karen. Und sie sich ganz sicher mit ihm. Dass sie sich nicht verletzten. Auch wenn über die Jahre aus ihrer Verliebtheit eine Freundschaft geworden war, an ihrer Zugewandtheit hatte es nichts geändert.

»Es tut mir leid«, hatte sie schließlich gesagt, »aber ich kann an nichts anderes denken als an Chris.«

»Es ist schon okay.«

»Vielleicht sollten wir nach Italien fahren, wenn der Junge zurück ist, was meinst du?«

»Ja, warum nicht.«

Sie hatten sich umarmt, wenn auch hölzern und ohne es wirklich zu wollen.

Jetzt spiegelt sich sein Gesicht im Fenster. Es sieht müde aus, und so fühlt er sich auch. Müde und leer.

Der Hund klopft im Schlaf den Schwanz auf den Teppich.

*Du hast doch sogar Angst vor der Angst.*

»Psst«, sagt Arnold.

Seine Angst ist die Angst seines Vaters. Der ängstigte sich vor allem: vor der Inflation, vor der Arbeitslosigkeit, vor Krankheiten, vor Einbrechern, vor Unfällen. Und vor nichts fürchtete er sich mehr als vor dem Krieg.

»Das gibt Krieg«, sagte er, als der Sarg des erschossenen Präsidenten im schneeigen Fernsehbild an dem salutierenden Jungen in den kurzen Hosen entlangrollte, der der Sohn des Präsidenten war. Arnolds Eltern hatten sich vor dem Fernseher umarmt. Ihren Sohn in die Mitte genommen. Die Mutter sprach ein Vaterunser, während ihm die Tränen seines ängstlichen Vaters auf den Schädel tropften.

Der Hund gähnt, leckt sich das Maul, macht die Augen auf, schließt sie wieder, schläft weiter.

Es gibt ein Foto von seinem Vater, das ihn, etwa vierzigjährig, auf einem Motorroller zeigt. Im Anzug mit Nadelstreifen. Er lächelte nicht mal für den Fotografen, war einer von den Männern, denen der Krieg für alle Zeiten die Freude am Leben genommen und sie sprachlos und sehnsüchtig zurückgelassen hatte. Erst ganz am Ende, am letzten Tag seines Lebens, als er mit achtundfünfzig Jahren an einem Lungenleiden verstarb, erst da besiegte er seine Angst.

»Junge, ich habe beschlossen, zu lächeln, wenn ich dem Herrgott entgegentrete.«

Es war das Mutigste, das er seinen Vater je hatte sagen hören.

Gleich eine Stunde nach Mitternacht. Noch einmal sieht er im Posteingang nach: Das Wellnesshotel lädt zum Golfwochenende mit Sonderpreis. Der Rektor schickt die Lebensläufe der neuen Referendare. Der Tennisshop hat Hallenschuhe im Sonderangebot. Er löscht die Mails, überfliegt die Nachrichten aus aller Welt, nichts Neues aus dem Krieg.

Nein, die Angst hat der Junge nicht von ihnen geerbt. Chris hat keine Angst. Nie. Chris, der Unverwundbare, Chris, der Mutige. Er muss sich nur das Foto ansehen. Chris im Kampfanzug, das Gewehr, der Helm, sein Lächeln in der Sonne, der verdammte verbeulte Kochtopf. Er nickt, lächelt und stößt mit dem Fuß an den Hund. Der zuckt hoch und knurrt wie ein alter Wolf.

»Sei bloß still«, sagt er leise.

Chris, der ewige Kämpfer. Als der Junge vier war, hatte Karen die Kladde angelegt, hatte alle Verstauchungen, Prellungen, Schürfwunden und Gehirnerschütterungen notiert, die der Junge davontrug. Die Nachbarn und Verwandten hatten darüber nur lachend die Köpfe geschüttelt.

Im Schreibtisch hat er die Fotos des Jungen: Chris mit fünf, sechs, sieben Jahren. Immer dieser wilde, das Leben fordernde Blick. Sein selbstsicheres Lachen. Er findet das Bild, das er suchte: Chris mit Gipsarm, Kopfverband und bandagiertem Knie. Da war der Junge elf gewesen. Die Kinder der Siedlung hatten Tour de France gespielt. Arnold hatte hinter der Garage die Hecke geschnitten. Irgendwann waren sie nicht mehr zu sehen gewesen, er ließ die Schere fallen und lief sofort in den Wald, zum Hang, der im Winter die Rodelbahn war, bei allen nur »Todesbahn« genannt. Als er die Piste erreichte, raste der

Junge gerade mit dem Rad den Abhang hinunter, vor Vergnügen schreiend und die anderen anfeuernd, es ihm doch nachzutun. Er stand in den Pedalen und flog mehr, als er fuhr, die Nachbarskinder waren längst auf halber Strecke zurückgeblieben, die Mädchen kreischten und hielten sich die Hände vor die Gesichter.

»Chris«, hatte er gebrüllt, »bremsen, Chris, bremsen!«

Am Fuße des Hangs war der Junge ins Bachbett gerast. Noch über dem Bach flog sein Körper dem Rad voraus, wie ein Stein durchschlug er das Gestrüpp am anderen Ufer. Vögel flatterten auf, die Nachbarskinder schrien zuerst noch lauter, dann wurde es eisig still.

Dass Chris tot sei, hatte er angenommen. Tatsächlich aber war der Junge in einem Brombeerstrauch gelandet, es hatte endlos gedauert, ihn aus den Dornen zu befreien.

Nicht mal gewimmert hatte Chris. Bleich und schweigend ließ er sich von seinem Vater nach Hause tragen, mit all den blutenden Wunden, dem gebrochenen Arm und dem verdrehten Knie. Und als sie an den Nachbarskindern vorbeikamen, die stumm waren vor Schreck, hatte der Junge gelächelt. Da hatte er zum ersten Mal über seinen Sohn gedacht, dass er ihm fremd war, ein unbekannter Mensch.

»Dir passiert nichts, hörst du«, sagt er zu dem Foto in seiner Hand, legt es zurück in die Schublade und schaltet den Computer aus.

# 19

In den Tagen nach dem Einbruch war der Spätsommer zurückgekehrt. Heute geht ein milder Wind, der Wiesen und Wege trocknet. Vögel zwitschern und Insekten summen, als begänne der Sommer noch einmal von vorn. Manchmal gehen Wanderer am Zaun entlang. Die Seilbahn kriecht den Berg hinauf wie eine Schnecke mit eckigem, silbernem Haus. Das Radio erzählt aus dem Leben Chet Bakers und spielt seinen Jazz.

Er hat im Dorf zwei Transitorradios gekauft, eins in Plastik eingeschlagen und es im Schuppen unter der Steinplatte versteckt. So hat er immer einen Ersatz.

Als er die Beine unter dem Tisch neu verschraubt hat, wäscht er sich die Hände und sieht sich um. Alles ist wieder wie zuvor. Alles, bis auf das Radio.

Später trägt er das Werkzeug in den Schuppen. Er fragt sich, ob wohl auch der Bildhauer mit Einbrechern zu tun hatte hier oben. Warum sonst hätte er seine Habseligkeiten im Schuppen vergraben sollen? Vielleicht gibt es sogar noch mehr Verstecke hier draußen.

Eher aus Langeweile als aus Interesse beginnt er zu suchen. Er weiß nicht, wonach. Es dauert eine Stunde, bis er unter einem verdreckten Bottich eine Bodenplatte aus Metall entdeckt. Darunter ein Kästchen mit Silbermünzen und Uhren. In einem Umschlag stecken vergilbte Fotos junger Frauen, die der Kleidung und den Frisuren nach wohl nicht mehr leben dürften.

Er sucht weiter, hat eine Ahnung, dass der Bildhauer irgendwo eine Waffe versteckt haben könnte. Nach einer weiteren Stunde findet er in einem ausgehöhlten Dachsparren ein Gewehr, eingewickelt in ein schwarzgrünes, staubiges Tuch.

Darin ist auch eine Schachtel mit Munition. Er zählt siebzehn Patronen. Er versteht nichts davon. Nicht mal ein Spielzeuggewehr hat er je besessen.

»Dein Vater hat furchtbare Dinge erlebt im Krieg«, hatte seine Mutter ihm einmal erklärt, »er will kein Gewehr im Haus.«

Nie hat Arnold es gewagt, nach jenen furchtbaren Dingen zu fragen.

Das Gewehr des Bildhauers hat ein erstaunliches Gewicht. Der Lauf, der Abzug, die Trommel, sie glänzen wie erst vor Tagen geputzt. Der dunkelbraune Schaft aus poliertem Holz. Sind das die richtigen Worte dafür? Abzug, Trommel, Lauf und Schaft?

Er trägt es auf die Veranda hinaus.

»Lass das«, sagt er zu dem Hund, als der an ihm hochspringt und nach der Waffe schnappen will.

Er wirft ihm den Stock, schwenkt den Lauf, nimmt den Hund ins Visier. Der apportiert, stellt sich vor ihn und hechelt und bekommt sein Lob, jagt noch mal los, jagt Feldmäuse jetzt.

Arnold legt den Lauf am Geländer ab. Ein paar Meter weiter springt der Hund durchs Gras. Er schnappt nach Fliegen. Dann streckt er sich aus, macht sich lang, hebt das Hinterteil, dreht und wendet den Kopf, beginnt in der Wiese zu wühlen.

Jetzt hat er seinen Schädel im Blick und zieht den Abzug durch.

»Peng«, sagt er.

Ein sanftes metallisches Klicken geht durch die Waffe. Der perfekte Klang einer feinen Mechanik.

»Du bist tot«, sagt er.

Der Hund sieht ihn an, er winselt und bellt und wedelt mit dem Schwanz.

## 20

Die Schönheit der Nächte hat er zuvor nie wahrgenommen, auch nicht deren Unterschiedlichkeit. Nun weiß er, es gibt die abweisenden und kaltherzigen Nächte, die den Winter vorwegnehmen. Und es gibt die lichten, weichen Nächte, die vom Tag erfrischen und auf den nächsten Morgen hoffen lassen. Am liebsten sind ihm die Nächte in Stille, die den Lärm des Tages vergessen machen.

Diese Nacht ist mondlos und windstill, weich und klar und ruhig. Keine Sterne. Der Himmel ein tiefschwarzes Tuch. Nur an den Rändern schimmert ein Hauch von Blau. Die Luft ist frisch und klar. Es hat geregnet. Hin und wieder lösen umherstreunende Tiere die Bewegungsmelder aus. Scheinwerfer flackern auf, belichten Toreinfahrten und Terrassen.

Chris hat gemailt.

In dieser Nacht hört er den Schlagersender. Die albernen Lieder besingen eine Welt, die es so gar nicht gibt. Karen ist schon ins Bett gegangen. Der Hund liegt schwer und warm auf seinen Füßen und schläft. Manchmal leckt er sich genüsslich über das Maul. Vielleicht träumen Hunde ja auch. Wer weiß.

*Hi Dad, sie haben Röttger das andere Bein auch noch abgenommen. Er ist in Berlin im BW-Krankenhaus. Heute sechs Stunden Beschuss. Man sieht nur den Scheißberg, und plötzlich knallt es von irgendwoher. Die Männer mit Bärten geben kleinen Jungs fünf Dollar, und dann schießen die auf uns. Und wir schießen zurück. Es ist scheiße, auf kleine Jungs zu schießen. Noch drei Monate und fünf Tage. Sag Mom nichts von der Scheiße mit Röttger und der Schießerei. Chris.*

Er nimmt das Foto von der Wand. Chris mit dem Basketball.

Das Spiel hatten die Jungs mit 86 zu 74 gewonnen. Auch so eine überflüssige Erinnerung.

Ein Moped da draußen. Der Sohn der Nachbarn, sechzehn, siebzehn Jahre alt. Der Junge schiebt das Moped in die Garage und flüstert in sein Handy. Irgendwann küsst er die Luft. Arnold zieht den Vorhang zu. Der Hund springt auf, und jetzt erst hört er das Telefon.

»Hallo?«

Aus weiter Ferne kommt das Knistern. Es klingt elektrisch, wie über Kurzwellenfunk. Und unter das Knistern mischt sich ein Gelächter.

»Hallo«, sagt er wieder. »Bist du das, Chris?«

Das Knistern schwillt an und ebbt wieder ab. Ein Singsang kommt auf. Dann knattert es wie Fehlzündungen von einem Motor.

»Junge, so sag doch was.«

Jetzt ein sirenenhafter, pfeifender Ton, ein feines Klingeln, bis alle Geräusche auf einen Schlag abreißen und Arnold das Freizeichen hört.

»Was war denn?«, fragt Karen.

Er fährt herum. Erschrocken. Sie steht an der Treppe, die Augen müde, das Haar zersaust, im Sweatshirt, dessen Farben schon lange verblichen sind.

»Verwählt«, sagt er.

»Verwählt«, sagt sie und wischt die Haare aus ihrer Stirn.

»Geh wieder schlafen, Liebling.«

»Hat Chris dir gemailt?«

»Nein.«

»Du würdest es mir sagen, oder?«

»Mach dir keine Sorgen«, sagt er, »schlaf du jetzt gut.«

»Du auch.«

»Karen?«

Er ist bei ihr, hält sie fest, der vertraute Geruch, sie zittert in seinen Armen. Der Hund jault und schleicht um ihre Beine.

»Es sind nur noch drei Monate.«

»Und fünf Tage«, sagt sie. »Drei Monate, fünf Tage.«

»Ja«, sagt er.

»Das ist lang. Viel zu lang.«

»Er schafft es, Karen, ganz bestimmt.«

»Okay«, sagt sie und versucht zu lächeln.

»Wir können nichts anderes tun als warten.«

»Ich weiß.«

»Ich liebe dich«, sagt er und streicht ihr übers Haar.

»Ich liebe dich auch.«

»Glaub mir, dem Jungen wird nichts passieren.«

»Wenn du es sagst, dann ist es gut.«

## 21

Silbergrau schimmert das Gebirge unter einer matten Sonne. Von Osten weißgraue Wolken. An manchen Tagen schlägt das Wetter jede Stunde um. Hitze zu Regen, Nebel zu Schnee, Schwüle zu Sturm. Die Einheimischen wissen, wie das Wetter wird. Den Fremden aber bleibt es für immer ein Rätsel.

In seinem früheren Leben hat er sich wenig um all das geschert. Hier oben auf dem Berg aber bestimmt die Natur. Die Kühe schreien vor Schmerzen, wenn sie nicht zeitig gemolken werden. Der Berg sagt den Kletterern, ob sie in die Felswand dürfen, und weht der Wind zu stark, bleiben die Gondeln an der Talstation.

Der warme Wind setzt ihm zu. Vielleicht kommt er deshalb mit dem Zaun nicht voran. Er hat Pfähle begradigt, den alten Draht abgekniffen, das elektrische Band eingezogen, den Akkumulator angeschlossen und zwei Reihen Stacheldraht auf den Zaun genagelt. Davon sind ihm die Hände zerstochen, trotz der Lederhandschuhe aus dem Schuppen.

In den Winkeln des Grundstücks hat er Löcher für Fundamente gegraben. Es ging nur mit Spitzhacke, so steinig war der Grund. Morgen will er den Beton eingießen. Auf die Pfähle kommen Schilder. Die Auswahl an Verbotsschildern im Baumarkt hat ihn verblüfft.

*Privateigentum – Betreten verboten! Bei Missachtung erfolgt Besitzstörungsklage!*

Das ist sein Schild.

Mit dem Ärmel wischt er sich den Schweiß von der Stirn. Er öffnet ein Bier. Der Hund kommt an, mit dem Ball im Maul. Er schleudert den Ball auf die Wiese, der Hund jagt hinterher, apportiert ein paar Mal und legt sich dann zu ihm in den Schatten.

Er blickt über die Berge ins Tal. Die Landschaft ist das Abbild einer Modelleisenbahn. Nein, umgekehrt. Modelleisenbahnen sind Abbilder von Landschaften wie dieser.

Oberhalb der Baumgrenze sind die Berge schroffer, faltiger Stein, grau und gewaltig, mit Dutzenden Flecken aus ewigem Schnee. Manchmal scheint die Sonne nur für die Gipfel. Unterhalb des Gerölls ist das Gelände sattgrün und dicht bewachsen, sanfte, schwellende Formen, ein irgendwann weithin im Dunst verschwindendes Nacheinander von Bergen, Hügeln, Tälern und Wäldern.

Der Zwiebelturm der Kapelle erhebt sich aus dem Dorf. An den Steigungen hocken die Hotels mit wuchtigen Anbauten, Hallenbädern und Wellness-Oasen mit Tennisplätzen. Die Eisenbahntrasse verläuft hinter dem Dorf parallel zur Landesstraße. Karawanen aus Autos, Wohnmobilen, Reisebussen und Lastwagen schieben sich gen Norden und Süden.

Als Arnold nicht wusste, wohin er sollte, erinnerte er sich an die Urlaube, die er hier in dieser Modelleisenbahnlandschaft verbracht hatte.

»Komm«, sagt er.

Er schließt die Hütte ab und geht mit dem Hund eine Weile bergauf. Manchmal kommen ihnen Wanderer entgegen. Ihren Blicken und Grüßen weicht er aus. Nahe beim Bach läuft er auf feuchtem Wurzelholz und einem Teppich aus Tannennadeln. Der Bach stürzt reichlich gefüllt zu Tal. Sie klettern über zwei, drei Fichten, die im Bachbett liegen. Über die Hütte dort ist im Frühjahr eine Lawine niedergegangen und hat das Dach weggerissen. Das Mauerwerk ist geborsten und verfallen wie nach Raketenbeschuss.

Mit der Schnauze am Boden läuft der Hund vorweg. Arnold kommt kaum hinterher. Im Fenster der Bergkapelle flackert ein ewiges Licht. Ein Gottesfürchtiger hat das Altarbild unter den Felsvorsprung gemalt, groß wie eine Tischtennisplatte. Der Mutter Gottes steckt eine Lanze im Herzen. Der Hund schlägt an, umtänzelt eine Fundstelle, scharrt mit den Pfoten im Schotter.

Das Papier ist zerknüllt und dunkelrot und war mal eine Zigarettenschachtel. Eine seltene Marke. Als Arnold das Rauchen anfing vor zwei Jahren, hat er sich für diese Marke entschieden, die auch sein Vater rauchte. Er importiere diese Sorte nur noch für Kundschaft aus Deutschland, hatte der Inhaber des Ladens in der Kreisstadt gesagt, und dass es sich bald gar nicht mehr lohne, sie weiter im Sortiment zu führen. Weshalb

Arnold den gesamten Bestand von neun Stangen weggekauft hatte.

Er hebt das Papier auf. Das Zellophan hat die Zigarettenpackung trocken gehalten. Eine Schnecke klebt daran. Er schüttelt sie ab, zieht das Papier auseinander, Tabakkrumen und Ameisen rieseln heraus.

Es ist merkwürdig, das Päckchen an dieser Stelle zu finden, drei- bis vierhundert Meter oberhalb seiner Hütte. Bisher nahm er an, dass ein paar übermütige Jungs aus dem Dorf in die Hütte eingebrochen sind. Keine richtigen Einbrecher jedenfalls. Richtige Einbrecher hätten die Verstecke gefunden und sich nicht mit ein paar Stangen einer Zigarettenmarke begnügt, die nur noch alte Männer rauchen. Und warum sollten sich richtige Einbrecher die Mühe machen, ein Radio zu zertrümmern, eine Suppe vom Herd zu stoßen oder einen Schemel zu zertreten?

Er sieht hinauf zu den Felsen. Weiter oben liegt nur noch die Jausenstation auf dem Plateau, das sich dreißig, vierzig Meter oberhalb der Baumgrenze ausbreitet. Sie wird im Frühjahr und über den Sommer von einer jungen Frau aus Innsbruck bewirtschaftet. Die Innsbruckerin hat Katzen und einen Hund und ist ab Mai dort oben, um den Feriengästen mit ihren nörgelnden Kindern eine Brotzeit und kalte Getränke zu verkaufen.

Der Hund bellt. Wartet auf seine Belohnung, dass er das Päckchen gefunden hat. Er tätschelt ihm den Kopf. Von weit her weht das Läuten von Kuhglocken heran. Der Wind hat schon wieder gedreht. Massige grauweiße Wolken schweben wie verirrte Luftschiffe vorbei auf die Felsen. Bald wird es regnen. Er sieht mit dem Fernglas in die dunstige Suppe, steckt es weg und folgt dem Hund, der mit federndem Gang nach unten läuft.

# 22

*Hi Dad, nichts Neues hier. Schlafen, essen, Waffe reinigen. Tagsüber scheiße heiß. Nachts scheiße kalt. Der Staub friert zu Stein. Die Spinnen sind riesig und beißen wie Ratten. Alles doof. Manchmal schießen die Männer mit Bärten nur ein einziges Mal, und wir stehen trotzdem bis nachts unter Strom. Wir haben supergeile Kameras, mit denen kannst du auch nachts jeden erkennen, dem Blut durch die Adern fließt. Aber wir sehen nur Ziegen und Ratten. Die Männer mit Bärten verstecken sich unter fünf Lagen Wolldecken. Daran hat der Erfinder der Wärmebildkamera nicht gedacht. Und weißt du, warum die anderen wissen, wo wir sind? Weil sie die Krähen beobachten, die über uns fliegen. Die Viecher stehen auf den Fraß, den wir hier kriegen. Scheiß also auf die Wärmebildkamera. Die Jungs sind übrigens super. Noch nie so geile Freunde gehabt. Das ist das Beste hier. Noch drei Monate und ein Tag. Sag Mom nichts von dem ganzen Scheiß, sag ihr, dass ich Langeweile habe und mich freue, euch zu sehen. Chris.*

Arnold schließt die Mail. Sieht die Weltnachrichten durch. Nichts Neues aus dem Krieg. Als gäbe es gar keinen. Er holt einen der Kartons aus dem Keller, zieht ihn auf, der Hund hält es für ein Spiel, steckt die Schnauze hinein.

»Geh weg«, sagt er. Der Hund hört erst, als er ihn am Halsband packt und zur Seite zieht.

Arnold war nie sonderlich interessiert an der Vergangenheit. Er hatte immer genug mit der Gegenwart zu tun. Vielleicht herrscht deshalb ein heilloses Durcheinander in den Kartons. Es sind Tausende Fotos von Urlauben, Weihnachtsfesten, Silvesterpartys, Geburtstagen, Klassenfahrten, Abifeiern, die er achtlos hineingestopft hat. Während seiner Nachtwachen aber hat er sich daran gemacht, die Kartons durchzusehen, die Fotos zu scannen und zu beschriften.

Die Nacht über der Siedlung ist tiefschwarz. Die Sterne funkeln, der Mond zeigt sich als scharfkantige, fahle Sichel. Bei den Nachbarn ist noch Licht. Sie haben Besuch. In der Einfahrt parkt ein Wagen mit Stuttgarter Kennzeichen.

Wie jede Nacht liegt der Hund unterm Tisch. Arnold zieht Fotos von Karen aus dem Karton. Er traf sie bei einer Geburtstagsparty mit Kartoffelsalat und Brühwürsten, flackernden Tropfkerzen und Musik von T. Rex und Supertramp. Beim Tanzen wurde geknutscht. Er machte damals sein erstes Foto von ihr: Karen lehnt am Kühlschrank und blickt überrascht in die Linse. Er zieht das Bild auf die Festplatte, korrigiert Belichtung und Farbe. Die achtzehnjährige Karen betrachtet ihn vom Bildschirm aus, als sei sie eben erst aus einem verstörenden Traum erwacht. Wild flirren ihre Haare um das schmale Gesicht. Ihre Augen leuchten wie ein tintenblaues Meer.

Noch immer ist er verliebt in sie.

In jenem Sommer fuhren sie häufig mit dem Käfer seiner Mutter herum, fuhren ziellos übers Land, und wenn es ihnen irgendwo gefiel, hielten sie an. Meist war das ein See, oder sie spazierten durch einen Wald, wo sie sich küssten oder an irgendeinem versteckten Platz miteinander schliefen.

Er scannt das Foto mit der lächelnden Karen vor der Kathedrale von Orléans. Drei Monate waren sie da zusammen gewesen. Die drei glücklichsten Monate seines damaligen Lebens. Frankreich war ein Zufall gewesen, eine Laune an einem glühend heißen Tag. Eigentlich hatten sie nur nach Frankfurt ins Kino gewollt. Wie ein riesiger Frosch, der zu weit aus dem Teich gesprungen war, hatte die Stadt in der Hitze gebrütet. Karen rauchend auf dem Beifahrersitz, mit Sonnenbrille.

Das Bild hat sich ihm eingebrannt. Die rauchende Karen mit Sonnenbrille. Wie ein Filmstar. Irgendwann war auf der Autobahn die Abzweigung nach Saarbrücken, Luxemburg und Metz aufgetaucht.

»Was hältst du von einem kleinen Ausflug ans Meer?«, hatte er sie gefragt.

So ähnlich hatte er es mal in einem Spielfilm gehört. Eigentlich hatte er nur ein bisschen angeben wollen.

»Dann mach doch«, war ihre Antwort gewesen. Sie hatte den Rauch der Zigarette aus dem Fenster geblasen und gelacht.

*Dann mach doch.*

So waren sie nach Saarbrücken gefahren, weiter über Paris und Orléans in Richtung Atlantik. Er mit klopfendem Herzen über den eigenen Mut und Karen rauchend und lachend.

Der Hund gähnt, will noch mal raus. Er holt die Leine, und als er mit dem Tier durch die schlafende Siedlung geht, denkt er an Karen, an den Käfer, an die Leichtigkeit jener Tage, an das Glück, das er empfand, als sie in das fremde Land fuhren, dem Meer und ihren Träumen entgegen.

Der Hund zerrt an der Leine, weil er eine Maus oder ein Karnickel entdeckt hat. Er löst die Leine, und der Hund hetzt davon.

*Dann mach doch.*

## 23

Die Nacht liegt bleigrau über dem Tal. Stählern ragen die Masten des Skilifts aus dem schwarzen Gras. Die Fichten bewegen sich im leichten Wind wie Spinnenfinger. Es ist viel zu warm für die Jahreszeit.

Arnold hat Kartoffeln gebraten und Gurken in Scheiben geschnitten, wirft sich eine Jacke über, öffnet ein Bier, setzt sich an den Holztisch auf der Veranda und isst. Zu seinen Füßen nagt der Hund an einem Knochen. Die Petroleumlampe funzelt ein unstetes Licht.

Er trinkt gerade vom Bier, als aus dem Wald ein Knirschen dröhnt, ein schwerer Ast vielleicht. Es kommt immer wieder vor, dass die Äste brechen, entweder morsch geworden oder unter der Last von Schnee, manchmal schlagen auch Blitze ein und fällen ganze Bäume. Der Ast fegt durchs Geäst, kracht zu Boden, und für diesen Augenblick scheint es, als vibriere der Berg. Vögel flattern auf und suchen kreischend das Weite.

Dann wieder Stille.

Die Autos unten auf der Landesstraße sind bloß stumme Lichter in ihrem Sichverfolgen und -begegnen. Da wo Laternen die Straße säumen, glänzt der Asphalt wie eine Schnur aus Lakritz.

Es ist die Dunkelheit, die Stille, die er gesucht hat auf dem Berg.

Das leere Zigarettenpäckchen liegt neben der Leuchte. Wie Arnold das Papier auch dreht und wendet, es will ihm nichts weiter verraten. Er breitet die Landkarte aus. Der Bildhauer hat sie gezeichnet. Ganz oben das Datum 1973, sie zeigt einen Radius von zwölf Kilometern um die Hütte. Arnold hat alle Wege und Straßen und Ferienhäuser, die neu hinzugekommen sind, mit Bleistift nachgetragen. Den ganzen Sommer lang hat er die Umgebung erkundet, jeden Weg, jeden Pfad, jeden Bach, und so die Karte auf den neuesten Stand gebracht.

Er zündet sich eine Zigarette an, lehnt sich zurück, sieht dem Rauch nach, der um die Lampe schwebt. Manchmal wollen Insekten zum Licht und prallen ab vom heißen Glas. Er markiert die Stelle, an der er die Schachtel gefunden hat, holt sich eine Wolldecke und schaltet das neue Radio ein. Es taugt mehr für die schnellen Hits, mit seinem metallisch-dürren Sound. Das alte hatte einen wärmeren und tiefgehenden Klang, den Klang für die sinfonischen Orchester und die feinen Geräusche von Hörspielen.

Dass sie die Zigaretten genommen haben, ist nicht weiter schlimm. Aber sie hätten ihm nicht das Radio zerschlagen sollen, das nicht.

»Good evening folks. This is Doc from Manchester.«

Der Hund spitzt die Ohren, und Arnolds Augen füllen sich mit Rührung, als er sich eingesteht, dass er auf die Stimme des Docs gewartet hat wie auf einen letzten Freund auf Erden.

Ein schwarzer Vogel schwebt über das Tannengerippe, ein Mäusebussard, der blitzartig auf die Wiese zustürzt, ein spitzes Quieken, ein abrupt verstummendes Jaulen, der große Vogel steigt auf, gewinnt schnell an Höhe, in seinen Krallen ein Zappeln.

Jetzt bellt der Hund.

»Sei ruhig«, sagt er, das Tier gehorcht und streckt sich wieder aus.

Der Doc erzählt von Seasick Steve.

»Er ist nicht fähig, ein Leben zu führen, wie Gott und die Nachbarn es wünschen.« Der alte Steve habe ihm geflüstert, vor Weihnachten noch ein Konzert zu geben, hoch oben im Norden, irgendwo in Norwegen. »Der alte Junge ist nicht mehr gut zu Fuß und weiter nach Süden schafft er's nicht in diesem Jahr.« Und dann singt Seasick Steve seinen Blues, dass es Arnold bis in die Knochen kriecht.

# 24

Eigentlich war es gar kein richtiges Abhauen nach Frankreich. Er hatte damals heimlich von unterwegs seinen Vater angerufen, dass der sich nicht sorgte.

Der Hund ist irgendwo in der Dunkelheit, er kennt den Weg nach Hause gut, so oft, wie sie ihn schon gelaufen sind. Unter den Carports warten Mittelklassewagen auf die nächste Fahrt. Die Rasenkanten sind sauber abgestochen.

»Hauptsache, es geht dir gut, Junge«, hatte sein todkranker Vater gesagt und ihm postlagernd fünfhundert Mark nach Biarritz geschickt, dass er sich das Abhauen mit Karen auch leisten konnte.

Doch die beiden kamen nie an dort im Süden. Sie waren nach Frankreich hineingefahren, hatten Stop gemacht in Roézé-sur-Sarthe, weil Karen der Name des Ortes gefiel. Das Flüsschen hatte unbeweglich in der Sonne gelegen, zu träge zum Fließen. Sie kauften Proviant, und als sie zum Wagen zurückkamen, stand dort ein junger Mann und erwartete sie. Er fragte, ob sie ihn mitnehmen könnten in Richtung Bordeaux.

Karen und der Franzose unterhielten sich, während Arnold den Käfer über die hitzeflimmernden Straßen steuerte.

»Halt an«, rief sie irgendwann, als an einer Kreuzung ein Tier auf der Straße lag.

Ein Reh mit verdrehten Vorderläufen, vermutlich von einem Auto erfasst. Es zuckte und stieß heisere Laute aus. Blut war über den Staub des Seitenstreifens bis in die Böschung gespritzt. Das Tier hatte den Kopf nach hinten gebogen und die Augen aufgerissen, wie um vor dem Tod noch einmal den Himmel zu sehen. Der Franzose stach dem Reh ein Messer in den Hals. Karen musste sich übergeben. Sie legten es schließlich in den Straßengraben und deckten die Stelle mit Zweigen ab.

Arnold pfeift nach dem Hund. Nichts. Er hört eben nur auf Karen. Also wartet er an der Spielplatzlaterne, dass das Tier von irgendwoher auftaucht. Von der Eisenbahntrasse pocht das metallische Klackern eines Güterzugs.

Während der Fahrt war Arnold eifersüchtig geworden auf das endlose Gerede der beiden. Irgendwann hielt er an, kaufte in einem Lebensmittelladen Getränke. Als er zum Wagen zurückkam, rang Karen gerade mit dem Mann. Er stand hinter ihr, drückte sie gegen das Auto, würgte sie mit dem linken Arm, und mit der freien Hand knetete er ihre Brüste.

»Vorsicht, das Messer«, rief sie.

Aber da lief Arnold schon etwas Warmes über die Stirn, am Auge entlang bis hinunter zum Kinn. Sein Blut tropfte ihm auf die Schuhe und in den Staub. Während der Franzose rückwärtsging. Die Klinge des Messers blitzte in der Sonne. Der Franzose lachte, fasste sich in den Schritt und spuckte aufs Pflaster. Am Ende der Straße verloren sie ihn aus den Augen.

Wieder pfeift Arnold auf den Fingern, und diesmal kommt der Hund zu ihm, hat etwas im Maul, etwas Dunkles, das zappelt, lässt es fallen, bevor er im Licht der Laterne ist.

»Komm endlich«, sagt er und legt ihm das Halsband an.

Karen hatte ihn mit Pflastern und Mullbinden aus dem Verbandskasten versorgt. Später auf der Route nationale war er verblüfft gewesen, den Franzosen wiederzusehen. Er hockte einfach so da, auf seinem Rucksack, und hielt den Daumen raus.

»Fahr weiter«, sagte Karen. »Bitte.«

Nein. Dafür war seine Wut zu groß.

Sie schrie auf, als er Gas gab und zuhielt auf den Mann, mit den rechten Rädern über den Seitenstreifen hinaus, eine undurchdringliche Staubwolke im Rücken. Der Franzose riss das Messer hoch, als wollte er es dem Käfer ins Blech rammen. Es gab einen dumpfen Schlag. Ein Knallen und Knirschen. Im Spiegel sah er nur Staub und Asphalt.

Seither sind einunddreißig Jahre vergangen. Nie haben die beiden mit irgendwem über den Vorfall gesprochen. Es blieb ihr Geheimnis, für immer. Bis heute. Manchmal erscheint ihm der Franzose im Schlaf. Oder wie zuletzt an Weihnachten. Sie hatten Chris und Sandra zum Essen da, und als er die Verliebtheit der beiden sah, war ihm der Geist des Franzosen erschienen.

»Du denkst schon wieder an ihn, nicht wahr?«, hatte Karen gesagt, als sie im Bett lagen.

»Ich kann nichts dagegen tun.«

»Ich weiß.«

»Und wenn ich ihn totgefahren habe?«

»Das glaube ich nicht. Bestimmt ist er in den Graben gesprungen und lebt und kann sich überhaupt nicht an die Geschichte erinnern.«

»Das sagst du, um mich zu trösten.«

»Ja.«

»Aber wir wissen es nicht.«

»Nein, aber du hast es für mich getan, das wissen wir.«

»Trotzdem. Es war der größte Fehler meines Lebens.«

»Es war Notwehr.«

»Notwehr ist etwas anderes.«

»Er wollte mich vergewaltigen.«

»Ich hätte es nicht tun dürfen.«

»Ich liebe dich.«

»Ich liebe dich auch.«

Arnold weiß nicht, ob sie es zwanzig- oder hundertmal so besprochen haben seit jenem Sommer. Ein Dialog wie aus einem Theaterstück, das sie immer wieder aufführen.

Er fasst sich mit dem Zeigefinger an die Narbe. Das Messer ging ihm quer über die Stirn. Der Hund zerrt an der Leine. Der Wagen aus Stuttgart parkt nicht mehr auf dem Grundstück der Nachbarn. Aus dem Schlafzimmer schimmert ein schwaches Licht. Karen kann nicht schlafen, seit der Junge weg ist. Als der Hund das Licht bemerkt, wedelt er mit dem Schwanz und bellt.

»Sei doch ruhig«, sagt Arnold und greift ihm ins Fell.

Als er wieder zum Schlafzimmer aufsieht, ist das Licht erloschen.

## 25

Die Mittagssonne wärmt auf zwanzig Grad. Ein föhniger Wind geht, dass Arnold der Kopf schwer ist. Er trägt Schüsseln, Teller und Bier hinaus. Dem Hund schiebt er den Napf an die Bank und pfeift nach ihm auf den Fingern. Er öffnet das Bier und tunkt einen Kanten Brot in den Quark.

Noch einmal pfeift er nach dem Hund.

Zuletzt hat er ihn auf der Wiese gesehen, beim Feldmäusejagen. Dann hat er das Essen zubereitet und eine Sendung über einen argentinischen Fotografen im Radio gehört, der sein Leben damit zubringt, die getragenen Schuhe anderer Leute zu fotografieren.

Er stellt sich auf die Zehenspitzen. Pfeift wieder. Manchmal verlässt der Hund das Grundstück und streunt durch den

Wald, jagt Karnickel, Hasen oder Eichhörnchen. An warmen Tagen macht er sich auch zum Gebirgsbach auf und nimmt ein Bad im Gumpen dort.

Arnold schiebt das Gatter auf, läuft in den Wald. Alle paar Schritte pfeift er auf den Fingern. Er riefe den Hund jetzt gern beim Namen, doch er hat ja keinen. Das Schweigen des Waldes, aus dem nur ein feines Rauschen zu hören ist, klingt unerbittlich und feindselig. Als hätte der Wald den Hund verschluckt und wollte ihn nicht wieder hergeben.

Bei der Skiwiese hockt er sich auf eine Bank und ringt um Luft. Ein elektrisches Surren kommt auf, wird lauter. In einem Sciencefictionfilm wäre es das Fluggeräusch eines Ufos. Unter das Surren mischt sich ein hohes Pfeifen, zwischen den Bäumen blitzen die roten Schemen der Seilbahn auf. An armdicken, geölten Stahlseilen schwebt sie zum Dorf herunter. An der Talstation wird sie die Wanderer ausspucken.

»Hund«, ruft Arnold, »Hund.«

Was lächerlich ist. Er läuft weiter, stellt sich Wanderern in den Weg, befragt sie nach dem Tier, doch er erntet nur Achselzucken. Längst drücken eiserne Finger auf seine Schläfen, als wollten sie ihm die Augen aus dem Kopf quetschen. Ein böser, messriger Schmerz zerfließt hinter seiner Stirn.

Es hat keinen Sinn, noch weiter hinaufzugehen, das weiß er. Warum sollte der Hund auf den Felsen laufen? Er vermisst ihn jetzt so sehr, dass sich der Wald vor seinen Augen in einen Tunnel aus grünen Wänden und dunklen Schatten verwandelt. Er wird schneller, will daran glauben, dass der Hund längst zur Blockhütte zurückgekehrt ist, seinen Napf geleert hat und auf ihn wartet.

Er stößt das Gatter auf. So heftig geht ihm der Atem, dass er beinahe das Jaulen überhört. Er geht in die Knie, will die Luft anhalten. Ein Winseln jetzt. Er pfeift, doch der Hund kommt nicht.

Er läuft über die Wiese nach dem Jaulen. Der Hund liegt beim Zaun. In seinem Hinterlauf steckt ein Stück Metall. Ein Zimmermannsnagel? Der Kopf des Nagels ragt zwei Finger breit aus dem Bein, als sei für den letzten Schlag, den Nagel ganz im Gelenk des Tieres zu versenken, keine Zeit mehr geblieben.

Der Stift erzittert vom Schmerz des Hundes. Er hechelt, röchelt und jault. Wo der Bolzen im Fell sitzt, quillt Blut hervor. Erde und Gras ringsherum sind schwarzrot besudelt. Immer wieder knickt ihm der Kopf weg, immer wieder fallen seine Augen zu.

»Du stirbst nicht, hörst du, du stirbst nicht«, sagt er.

Böse sieht der Nagel aus. Böse und unnachgiebig.

## 26

Arnold erwacht von einem feinen, hohen Pfeifen. Das Schlafzimmer ist dunkel. Noch könnte Nacht sein. Es dauert, bis er begreift, dass sie nicht neben ihm liegt und dass er das Pfeifen im Kopf hat.

»Karen«, ruft er.

Keine Antwort. Er lauscht ins Haus, aber da ist nichts, was lauter wäre als das Pfeifen. Er steht auf, beugt sich über das Treppengeländer.

»Karen.«

Ihm fällt ein, dass sie auf einen Besuch nach Saarbrücken ist. Bei ihrer Schwester. Bis Sonntag. Noch zwei Tage hin. Im Spiegel des Badezimmers betrachtet er sein linkes Ohr. Man schenkt den Ohren wenig Beachtung, aber vermutlich sieht es so aus wie immer. Er kann jedenfalls keinen Unterschied erkennen zwischen dem pfeifenden und dem nichtpfeifenden Ohr.

Er schiebt ein Wattestäbchen bis ans Trommelfell vor, zieht es raus, legt den Kopf schräg und steckt den kleinen Finger in die Muschel, er rüttelt und schüttelt. Vielleicht ist beim Duschen Wasser hineingekommen. So etwas passiert. Er klopft sich an die Schläfe, zieht am Ohrläppchen. Was er auch tut, es ändert nichts am Pfeifen. Als werde in einiger Entfernung ein Eisenbahnwaggon mit festgebackenen Bremsen übers Gleis gezogen.

Später sitzt er in der Küche über einem Kaffee. Er mag es nicht, allein im Haus zu sein. Karen hat den Hund mitgenommen zu ihrer Schwester. Sogar den vermisst er jetzt.

»Gute Besserung«, sagt die Sekretärin des Rektors, als Arnold sich krankmeldet.

»Ja danke«, sagt er.

Obwohl er die Dunkelheit nicht mag, hält er Vorhänge und Jalousien geschlossen wie ein Migränepatient. Er schaltet das Radio ein, und unter das Pfeifen und Kreischen kriecht ein alberner Tageshit. Er dreht an der Skala, findet ein Klavierkonzert, Rachmaninow, doch das Pfeifen hängt wie eine Spinne zwischen den Tönen, und er schaltet das Radio wieder aus.

Unendlich weit und schweigend breitet sich der Tag vor ihm aus. Er will nicht ohne Karen sein. Es macht ihm nichts aus, dass ihn Kollegen in der Schule oder die Spieler der Tennismannschaft belächeln, weil er nach einunddreißig gemeinsamen Jahren seine Zeit noch immer am liebsten mit ihr verbringt.

Sie spielen Tennis zusammen, fahren Rad, segeln, gehen ins Kino, ins Theater, in Konzerte. Selbst wenn sie nichts tun, tun sie's zusammen. Ihre längsten Trennungen sind die Klassenfahrten. Karen arbeitet ja auch als Lehrerin, gibt Englisch und Geschichte an der Realschule. Nach Chris' Geburt hat sie auf eine halbe Stelle reduziert und es bis heute dabei belassen.

Vor einigen Jahren hatte Arnold eine Affäre mit einer Referendarin. Mag sein, dass auch Karen hin und wieder jemanden traf. Aber sie stellten einander nie nach, und so blieb alles im Ungewissen.

Es schellt, er schiebt den Vorhang zur Seite. Ein Postwagen wartet mit laufendem Motor. Er weiß nicht, weshalb er dem Boten nicht öffnet. Der Mann läuft mit dem Päckchen zum Wagen zurück, tippt etwas in ein Display, springt auf den Sitz und fährt davon.

Es ist nicht mal Mittag und noch lange nicht an der Zeit. Seine Mails sieht er nachts in der Dunkelheit und Stille durch. Doch auch jetzt ist es dunkel und still, bis auf das Pfeifen im Ohr. Also macht er die Ausnahme mitten am Tag.

Eine Nachricht von Chris:

*Hi Dad, Röttger ist tot. Ist mit seinem Rollstuhl in die Garage gefahren und hat den Motor von seinem Fiat laufen lassen. Wenn das hier zu Ende ist, wollte er mit der Karre nach Italien fahren, damit der Fiat seine alte Heimat wiedersieht. Die Mühle war von 1972. So ein Verrückter war Röttger. Ein Supertyp. Jetzt ist er tot. Der Hauptmann hat gesagt, Röttger fühlte sich von allen im Stich gelassen zu Hause. Angeblich hat irgendein Politiker im Fernsehen gesagt, Soldaten sind selber schuld, dass man ihnen die Beine wegschießt. So viel zum Dienst am Vaterland. So eine Scheiße. Der Hauptmann hat sein Testament verlesen: Bei seiner Beerdigung darf kein*

*Politiker reden. Bitte mach das bei mir auch so, falls sie mich hier abknallen. Na ja, wird schon nicht. Sag Mom nichts von Röttger. Sandra weiß auch nichts. Noch zwei Monate und zweiundzwanzig Tage. Dein Chris.*

Arnold pocht das Herz. Ein widerliches, hartes Schlagen, wie er es noch nie zuvor gespürt hat. Immer wieder liest er die Mail von Chris, liest sie, bis sich der Bildschirmschoner einschaltet. Aus Tausenden von Puzzlesteinen setzt sich die Modelleisenbahnlandschaft zusammen. Eines von Arnolds Lieblingsfotos. Vier, fünf Mal haben sie Urlaub gemacht dort in den Bergen, und immer wieder hat er den Blick vom Berg ins Tal fotografiert.

*Bitte mach das bei mir auch so, falls sie mich hier abknallen.*

Dir passiert nichts, Junge, hörst du, dir passiert nichts. Arnold erschrickt, weil irgendwo da draußen ein Hund anschlägt. Er geht ans Fenster, aber es ist nicht Karen und auch nicht ihr Hund. Später wählt er ihre Nummer, erzählt von dem Pfeifen im Ohr.

»Dann geh zum Arzt, bevor es noch schlimmer wird.«

»Es ist schon schlimm.«

»Na dann erst recht.«

»Vielleicht hört es von selbst wieder auf.«

»Dann frag mich nicht, wenn du es besser weißt.«

»Entschuldige«, sagt er.

»Hast du was vom Jungen gehört?«

»Von Chris?«

»Von wem denn sonst?«

»Bei ihm ist alles okay. Ich soll dich grüßen.«

»Sonst nichts?«

»Nein.«

»Ich vermisse ihn so.«

»Ich vermisse ihn und dich und sogar den Hund«, sagt er.

»Ja«, sagt sie, »und jetzt geh zum Arzt.«

## 27

Der Tierarzt ist ein Mann mit breiten Schultern und grauem Bart. Vor seiner Garage parkt ein russischer Geländewagen. Arnold war im Sommer schon mal bei ihm. Der Hund hatte sich einen Splint in die Pfote getreten. Die Kundschaft des Arztes erschrickt, als Arnold mit dem blutenden Tier auf den Armen in der Tür des Wartezimmers steht.

Die Frau des Arztes schiebt ihn ins Behandlungszimmer, hilft ihm, den Hund auf den OP-Tisch zu legen.

»Das arme Tier«, sagt sie.

All seine Kraft bringt der Hund auf, die Schnauze zu heben und an Arnolds Hand zu lecken. Sogleich sackt ihm der Kopf weg, still breitet er sich aus, die Angst zu Sterben steht in seinen Augen. Der Tierarzt horcht ihn ab, leuchtet in Maul und Augen, setzt eine Lupenbrille auf, um die Wunde genauer zu betrachten.

»Sieht nach einem Bolzen aus«, sagt er.

»Ein Bolzen?«

»Es gibt Bolzenschussgeräte. Oder eine Armbrust.«

»Wer macht denn so was?«

»Jemand, der eine Wut auf dich hat vielleicht.«

»Ich wüsste keinen.«

»Dann vielleicht ein Tierquäler, es gibt genug Verrückte, denen so was Spaß macht.«

»Sie kriegen ihn wieder hin, oder?«

Der Tierarzt zieht eine gelbliche Flüssigkeit in eine Kanüle, setzt die Spritze.

»Der Bolzen steckt ziemlich tief.«

»Wird er denn Schwierigkeiten beim Laufen haben?«

»Er hat sehr viel Blut verloren.«

»Es ist nur so aus ihm rausgesprudelt.«

»Man sollte ihn einschläfern.«

Arnold sieht durchs Fenster auf das freie Feld. Ein Traktor pflügt den Acker.

»Es ist Ihr Job, den Hund am Leben zu halten.«

»Ich weiß, was mein Job ist.«

»Dann machen Sie ihn auch.«

»Ich bin ein Tierarzt. Ich bin nicht Gott.«

»Aber man stirbt nicht an einem kaputten Gelenk.«

»Ein Mensch nicht, aber ein Hund schon.«

»Der Hund ist mir lieber als jeder Mensch.«

Der Tierarzt streicht dem Hund über den Kopf, nickt, klopft auf den Tisch und lächelt.

»Dann warte draußen.«

Der Traktor zieht einen Tankwagen und verspritzt Gülle. Der Wind weht den Gestank herüber. Irgendwann ist der Tank leer, der Traktor rumpelt davon, der Tierarzt steht in der Tür und hat ein graues Gesicht.

»Kannst du Spritzen setzen?«, fragt er. »Dein Hund wird Schmerzen haben.«

»Ja«, sagt Arnold.

Der Tierarzt zeigt, wie er es machen soll, legt Medikamente und Spritzen in einen Karton. Auch den Bolzen.

»Du solltest zur Polizei gehen und Anzeige erstatten.«

Die Narkose hält noch an, der Hund merkt es nicht, als sie ihn auf den Beifahrersitz betten. Arnold chauffiert ihn wie

Porzellan. Behutsam kriecht er von Kurve zu Kurve und krault das Tier während der Fahrt bei den Ohren. Zuletzt trägt er den Hund die dreihundertdreißig Schritte zur Hütte hinauf. Als er dort anlangt, bleibt ihm die Luft weg.

»Du stirbst nicht, hörst du«, keucht er und legt ihn auf die Decke beim Kamin.

Fliegen umschwirren den Tisch auf der Veranda. Über den vergessenen Quark und die Kartoffeln kriechen Ameisen. Er fegt das Zeug in eine Abfalltüte und breitet die Landkarte aus. Dort, wo er den Hund gefunden hat, macht er ein Kreuz. Der Bolzen hat eine bleigraue Spitze wie ein Schreibstift. Der Stift verjüngt sich, erst beim Nagelkopf am anderen Ende wird er breiter. Blut klebt daran.

Sie hätten es dem Hund nicht antun sollen. Das nicht. Und das Radio hätten sie ihm auch nicht zerschlagen dürfen.

## 28

Die Siedlung wurde auf eine Schafswiese gebaut. Fünf Dutzend Einfamilienhäuser für junge Familien. Chris war ein halbes Jahr alt, als sie hierherzogen. Die Welt des Jungen und der anderen Kinder reichte bis hin zum Wald, zum See, zum Sportplatz und an die Schule. Eine friedliche, ereignislose Welt. Einmal war ein Bagger umgekippt, der einen Garten begradigen sollte, und hatte einen Arbeiter zerquetscht. Das war das Schlimmste, was sich je ereignet hatte.

Er massiert sich die Schläfen, als er auf die Straße tritt, schaut sich um, als sähe er das alles zum ersten Mal. Die Nachbarn sind zur Arbeit oder beim Einkaufen, und so erscheint ihm die Siedlung wie eine Filmkulisse ohne Schauspieler.

Er schlägt ohne Hund den Weg ein, den er gewöhnlich mit ihm geht. Die Regenwolken schweben wie eine Drohung über Häusern und Wald. Er glaubt, das Pfeifen im Ohr sei verschwunden. Doch so ist es nicht. Nach einigen Schritten ist es nur noch lauter als zuvor.

Sonntags fahren die erwachsenen Kinder mit ihren Freundinnen und Freunden in der Siedlung vor. Manche haben selber schon Familien gegründet. Am Spätnachmittag stehen die Nachbarn in den Haustüren, winken den Kindern und Kindeskindern und fragen sich, wo nur die Zeit geblieben ist.

Auch Chris war oft da. Meist hat er Sandra mitgebracht. An dem Tag, als er ohne sie kam, hatte Arnold sofort gewusst, dass es kein gutes Zeichen war.

Karen hatte Blaubeerkuchen gebacken, hatte die Beeren auf dem Rückweg von der Kirche am See gepflückt. Noch eine überflüssige Erinnerung. Chris fuhr auf seinem Motorrad vor. Am Unterschenkel eine Tätowierung, die da vorher nicht gewesen war. Ein Adler oder ein Geier vielleicht.

Der Junge war gekommen, um ihnen zu sagen, dass er Soldat werden wolle.

»Hast du dir das auch gut überlegt, Junge?«, hatte Arnold gefragt.

Sie saßen beim Kuchen, und natürlich war es albern gewesen, Chris diese Frage zu stellen und ihn Junge zu nennen. Er war ja kein Kind mehr. Schon mit siebzehn hatte er seinen Vater um eine Halslänge überragt.

»Auf den Schreinerjob hab ich keinen Bock mehr«, sagte er.

»Dann mach doch die Pilotenausbildung.«

»Pilot wär gut«, hatte der Junge gesagt und gelacht, »aber dafür muss man studiert haben, Dad.«

»Das kriegen wir hin, Junge. Ich helfe dir mit Geografie,

deine Mutter mit Englisch, und ich wüsste auch jemand für Mathe und Physik.«

»Nett gemeint, aber für den Piloten ist's zu spät mit vierundzwanzig.«

Karen war vom Tisch aufgestanden und hatte in den Garten geblickt. Für sie war da schon klar gewesen, dass Chris sich nicht würde umstimmen lassen. Sie machte sich nie über irgendetwas Illusionen. Das sei Zeitverschwendung, hatte sie einmal gesagt.

»Ich will dir um Gottes willen nicht reinreden, Junge. Aber vielleicht fällt uns noch was Besseres ein als Soldat.«

»Es ist ein cooler Job, Dad. Ich kann Ingenieur werden.«

»Aber es ist auch verdammt gefährlich.«

»Das ganze Leben ist gefährlich«, hatte er gesagt und gelächelt.

In seinem Ton schwang etwas mit, das Arnold ärgerte. Als sei der Junge auf alle Argumente vorbereitet und belächelte nun, dass sein Vater wie erwartet reagierte.

»Na ja, Junge, unter einem coolen Job verstehe ich was anderes.«

»Dad, ich weiß, dass du nichts von Soldaten hältst. Sonst wärst du ja selber einer geworden.«

»Ich war kein Soldat, weil ich gegen den Krieg bin.«

»Ich bin auch gegen den Krieg.«

»Dann verstehe ich dich nicht.«

»Ich bin gegen den Krieg wie Polizisten gegen Morde, Vergewaltigungen und Einbrüche sind. Gäbe es keine Soldaten, gäbe es nicht weniger, sondern noch mehr Kriege. So einfach ist die Sache.«

Arnold geht an der Todesbahn entlang. In den zwanzig Jahren, die sie in der Siedlung leben, ist der Wald immer lichter geworden. Der Bach, in den Chris' Fahrrad gerast war, ist begradigt und fließt nun durch Beton. Aus dem Hang wächst ein Terrassenhaus. Im Dachstuhl hängt der Richtkranz. Bauarbeiter werkeln herum. Jedes Jahr rücken die Villen und Appartementhäuser weiter vor, fressen Bäume, verschlucken Lichtungen, verschütten den Bach.

Er massiert sich die Schläfen. Dieses verdammte Geräusch. Spaziergänger führen ihre Hunde aus. Eine Frau joggt mit Hanteln. Schulkinder spielen mit ihren Handys. Zwischen den Bäumen schimmert der See. Es ist gar kein See. Er wird nur so genannt. Tatsächlich ist der See ein Teich von der Größe eines Handballfeldes.

»Willst du noch von dem Blaubeerkuchen, Chris?«, hatte Karen gefragt, als sich zwischen ihm und Arnold ein heilloses Schweigen breitmachte.

»Danke, Mom«, hatte er gesagt und gelacht, »aber ich platze gleich.«

»Und was sagt Sandra dazu?«, hatte Arnold gefragt.

»Was soll sie denn sagen?«

»Ihr gefällt es doch sicher auch nicht, dass du zu den Soldaten gehst.«

»Sie akzeptiert mich so, wie ich bin«, hatte der Junge gesagt, und seine Stimme klang nun ungeduldig, »auch wenn es ihr vielleicht nicht gefällt.«

»Chris, auch wir akzeptieren dich so, wie du bist«, war Karen dazwischengegangen, »aber was dein Vater meint, ist, dass wir Angst um dich haben. Das ist alles.«

»Tut mir leid, Mom, war nicht so gemeint. Wenn ich einen Sohn hätte, würde ich's wahrscheinlich genauso sehen wie ihr.«

Er erinnert sich, dass eine Katze durch den Garten schlich,

während sie sich unterhielten. Der Katze hing der Bauch durch, als hätte sie einen Haufen Steine verschluckt. Der Hund hatte gebellt und die Schnauze gegen die Tür gestoßen. Karen, die doch die Tiere liebte, öffnete dem Hund die Terrassentür, was ihn anscheinend überraschte, denn er wartete einen Augenblick, bevor er losjagte. Die Katze schrie vor Angst, schaffte es aber noch, vor dem Hund über den Zaun zu setzen und in die Gärten zu verschwinden.

Er setzt sich auf eine der Bänke. Eine Spende des Verschönerungsvereins. Er zieht die Luft tief in die Lungen und will das Pfeifen überhören. Am Ende des Weges sind zwei dunkle Punkte, ein großer und ein kleiner. Er steht auf, geht langsam weiter. Aus den Punkten werden die Frau des Architekten und ihr Cockerspaniel.

Was er ohne seine Frau und den Hund am helllichten Tag im Wald treibe, fragt sie und lacht. Und wie es dem Jungen gehe. Dass sie umkäme vor Angst, wäre ihr Junge dort unten. Ihr Junge ist Anlageberater bei einer amerikanischen Bank und hat in München eine Wohnung gekauft.

Arnold scharrt mit den Füßen, beugt sich runter zum Hund des Architekten.

Die Frau sagt, ihr Sohn mache sich Sorgen wegen der Bankenkrise.

»Vielleicht verliert er sogar seinen Job, ausgerechnet jetzt, wo er die Wohnung gekauft hat.«

Arnold grüßt und läuft weiter. Der Cockerspaniel bellt ihm hinterher.

»Ich mache dir einen Vorschlag, Chris«, hatte Arnold gesagt, als der Hund die Jagd auf die Katze aufgegeben hatte, »in ein paar Tagen komme ich nach Frankfurt, wir trinken ein Bier zusammen und reden noch mal über alles. Okay?«

»Leider nicht okay«, hatte Chris gesagt, »ich geh schon am Ersten hin.«

»Der Erste ist übermorgen.«

»Ja.«

Chris war auf die Terrasse gegangen, um mit dem Handy zu telefonieren und eine Zigarette zu rauchen. Karen hatte sich an Arnold angelehnt und lautlos geweint. Bis der Junge von hinten die Arme um sie beide schlang.

»Macht euch keine Sorgen, ich pass auf mich auf.«

Er kurvte Schlangenlinien, als er mit dem Motorrad davonfuhr. Karen hatte den Blaubeerkuchen in die Mülltonne gekippt, den Hund gerufen und war mit ihm davongegangen.

Er ist jetzt beim Sportplatz angelangt. In heißen Sommern hatten die Kinder hier in einer Wolke aus roter Asche gespielt. Selten war Chris ohne Wunden vom Feld gegangen, er war immer dort gewesen, wo das größte Getümmel war.

Um den Platz ist ein Geländer gezogen. Die Farbe ist abgeplatzt, es bräuchte einen neuen Anstrich. Arnold sieht sich mit Karen dort lehnen und den Jungen anfeuern, wie er mit hochrotem Kopf, mit blutenden Knien und Ascheschlieren auf dem Trikot dem Ball hinterherrennt.

Jetzt sind da nur zwei Jungs, die sich lustlos das Leder zukicken und nicht nach dem Mann sehen, der am Geländer lehnt, seinen Erinnerungen nachhängt und sich wünscht, die Zeit ließe sich zurückdrehen.

## 29

Der Hund verschläft die Tage und die Nächte. Hin und wieder rüttelt Arnold ihn wach und träufelt ihm Wasser ins Maul, füttert ihn mit einem Löffel, setzt ihm die Spritzen.

»Du stirbst nicht, hörst du.«

Der Hund sieht auf. Noch immer steht die Angst in seinen Augen, und er streckt sich, als Arnold ihm den Kopf tätschelt.

Am Nachmittag sitzt er auf der Veranda und schlägt sein Buch auf. Die Sonne hat kaum Kraft zu wärmen, aber wenigstens taucht sie die Landschaft in ein sehnliches Licht. Er liest ein paar Seiten. Doch die Wut ist zu groß, an etwas anderes zu denken als an den Einbruch, an das zerstörte Radio und an den widerlichen Bolzen. Er legt das Buch zur Seite, nimmt das Fernglas, schwenkt den Zaun ab. Wanderer gehen da entlang, bleiben stehen, machen Fotos und rufen sich etwas zu. Gelächter.

Der neue Stacheldraht blinkt in der Sonne, als der Himmel dunkel wird und die Luft sich anfüllt mit Geschrei. Tausende Vögel auf ihrem Zug nach Süden. Sie kreisen und kreischen und schwärmen über dem Tal. Beim Golfplatz geht die Wolke nieder, zieht schwarzes Gefieder über das Gras.

Die Sonne senkt sich aufs Gebirge. Manchmal leckt der Hund sein Maul im Schlaf. Er füllt ihm frisches Wasser in den Napf und verriegelt die Läden. Wäre der Hund nicht so schwach, stünde er längst auf den Beinen, dass er ihn bloß nicht allein in der Hütte zurücklässt. Doch der Hund schläft tief. Arnold zieht die Tür hinter sich zu und sichert sie mit einem zweiten Schloss.

Es hat sich abgekühlt. Von Nordwesten ziehen finstere Wolken auf. Letzte Sonnenfetzen flimmern durchs Geäst. Beim

Bach stehen die Bäume so dicht, dass der Schatten lückenlos wird. Am Morgen hat es geregnet, aus stahlgrauem Himmel ging die mächtige Sturzflut nieder, zerrte an Ästen und Zweigen, wusch das Geröll vom Weg und trommelte wütend aufs Hüttendach.

Arnold faltet die Karte des Bildhauers auf und geht mit dem Finger an die Stelle, wo er die Zigarettenschachtel gefunden hat. Hält sich da nicht auf, steigt weiter nach oben. Die Jausenstation der Innsbruckerin ist winterfest gemacht. Tür und Fenster sind verriegelt. Unkraut wuchert an den Stufen.

Oberhalb davon ist ein schmaler Weg. Ein Trampelpfad nur, das Gras steht kniehoch und ist an manchen Stellen plattgetreten. Er kennt den Weg von der Kartierung der Landschaft. Wie ein Schlagbaum liegt eine Buche quer, dahinter Totholz, bewuchert von Moos und Gesträuch. Ein Frosch springt aus dem Gras, eine Blindschleiche schlüpft ins Gehölz. Das Tosen des Bachs, der unweit in die Tiefe stürzt, dröhnt laut herüber. Wenn Arnold ans Buschwerk stößt, tropft ihm Wasser in den Nacken.

Bei der Lichtung lehnt ein Hochsitz an einem Ahorn. Er steigt hinauf, eine Sitzbank ist dort und auch eine zerbrochene Flasche Bier. Ein Blitz zuckt aus den Wolken. Dumpf rollt der Donner ins Tal. Er dreht sich mit dem Fernglas um die eigene Achse. Nichts Auffälliges ist zu sehen. Gerade will er es wieder einstecken und vom Hochsitz absteigen, als er zwischen den Bäumen einen Fetzen Farbe ausmacht. Eine Farbe, die nicht in den Wald gehört. Neongrelles Violett.

Er muss näher ran. Die Blitze zucken, das Donnern bekommt ein Echo. Besser wäre es, umzukehren. Er kriecht durchs Unterholz, längst ist er durchnässt, rutscht weg, schlägt hin, fällt mit dem Knie auf einen Stein, ein lauter, schneidender

Schmerz fährt ihm ins Bein. Er zieht sich hoch an einem Ast, die Dornen zerkratzen ihm Hand und Gesicht.

Durch das Fernglas hat das Farbige die Größe eines Geldscheins und flattert an der Spitze von etwas Dunklem, Grünlichem. Eine Zeltplane vermutlich, darüber sind Tannenzweige geschichtet. Etwas bewegt sich dort. Es ist gelb und schimmert zwischen den Zweigen. Ein Hemd? Eine Jacke? Nein, ein Trikot, wie Männer es tragen, die eine Mannschaft verehren. Es ist ein Trikot. Auf dem Gelb eine Zahl. Die Siebzehn. Darüber der Schriftzug: *Brasil*. Er sieht auch Haare, glatt anliegend, schwarz. Doch kein Gesicht. Trikot und Kopf bewegen sich. Dreimal nach rechts und nach unten, verschwinden dann unter den Tannenzweigen.

Er wartet ein paar Minuten. Im Versteck bleibt es still. Er trägt die Stelle auf der Karte ein. Dann geht er den Pfad zurück. Der Himmel ist nun beinahe schwarz. Die Wolken reißen auf, und der Regen prasselt so heftig herunter, dass der Dreck vom Boden aufspritzt. Er sieht sich gerade nach einem Unterstand um, als ihm der Hund einfällt. Der wird bei Gewitter vor Angst verrückt.

Er läuft bergab, hält Schritt mit der Flut. Der Regen schwemmt Zweige und Blätter mit. Wie zur Strafe trommeln die Hagelkörner auf seinen Kopf. Selbst der Pick-up scheint sich unter die Buchen zu ducken. Den Weg zur Hütte schafft er in einem Lauf. Beim Gatter schon ruft er nach dem Hund, erreicht die Veranda atemlos. Das Holz ist nass, er rutscht darauf aus und stößt im Fallen mit dem Kopf an den Tisch.

Als er zu sich kommt, ist der Regen schon fast vorbei, die Hagelkörner sind weggetaut. Ein pochender Schmerz kriecht durch seinen Arm. Von der Stirn rinnt ihm Blut, färbt das Regenwasser rot und schwimmt davon. Der Hund jault panisch hinter der Tür.

»Ja doch«, ruft er, so laut er kann, »ich komme schon.«

Er zieht sich am Treppengeländer hoch. Kommt auf die Beine, fühlt einen Schwindel und stützt sich an der Veranda ab. Über dem Tal schwebt ein grauer Vorhang aus Nebel. Der Hund ist völlig außer sich und bellt immer lauter. Irgendwas hat sich verändert da draußen. Auf der Wiese. Nur was?

Jetzt sieht er es: Es sind die Skulpturen, die anders sind. Sie stehen nicht mehr. Sie tanzen nicht mehr. Sie liegen jetzt flach und starr im Gras, den Blick in den Himmel gerichtet. Wie sieben tote Soldaten.

## 30

An den Wochenenden wird das Schweigen zum alles überflutenden Strom, in dem sie wie Schiffbrüchige dahintreiben. Arnold hat sich angewöhnt, samstags Klausuren zu korrigieren, dass er etwas zu tun hat, aber in der letzten Woche gab es keine Klausuren.

Jetzt graut ihm vor einem Tag voller Stille und Untätigkeit.

Er schaltet die Kaffeemaschine ein, setzt Eier auf, nimmt das Geschirr aus dem Schrank, deckt den Tisch. Im Bad stellt Karen die Dusche ab. Bevor der Junge in den Krieg ging, waren Arnold die Samstage am liebsten gewesen. Vormittags fuhr er mit Karen in die Stadt, zum Bummeln, in ein Museum, oder sie setzten sich in ein Café, unterhielten sich, lasen Zeitung und sahen den Menschen zu. Nachmittags spielten sie Tennis. Und dann war es Zeit, mit dem Kochen zu beginnen.

Sie hatten häufig Gäste. Freunde, Nachbarn, Kollegen. Hin

und wieder kamen auch Chris und Sandra vorbei. Karen dekorierte den Tisch nach Jahreszeiten, während er die Nachmittage mit dem Putzen, Schälen und Zubereiten von Gemüse verbrachte, mit dem Marinieren und Tranchieren von Fleisch, dem Dünsten von Fisch oder dem Anrühren, Unterheben oder Schichten der Nachspeisen.

Meist schliefen sie auch miteinander, wenn die letzten Gäste gegangen waren.

Jetzt trägt Karen ihren Bademantel und sieht sich in der Küche um, als sei ihr alles fremd. Als habe sie sich nur zufällig ins eigene Haus verirrt. Er schenkt Kaffee ein, schneidet Brot auf, sieht aus dem Fenster. Ein trockener, wolkenloser Morgen erhebt sich, vielleicht kommt sogar die Sonne raus.

»Ich könnte uns etwas Schönes kochen heute Abend, was meinst du?«, sagt er.

»Was?«

»Ich habe gesagt, ich könnte uns etwas kochen heute.«

»Entschuldige, ich war gerade mit den Gedanken woanders. Wenn du magst, dann gern.«

»Und heute Mittag könnten wir noch eine Partie Tennis spielen.«

»Tennis?«

»Ja, Tennis. Es klart auf. Vielleicht also sogar bei Sonne.«

In ihre Züge huscht ein Lächeln. Als erinnerte sie sich gerade an die Schönheit des Spiels.

»Ich würde gern mal wieder Tennis spielen.«

»Dann lass es uns tun.«

Sie schüttelt den Kopf. Rührt in ihrem Kaffee, das Lächeln wie festgefroren, während ihr Blick sich wieder verdüstert. Seit der Junge im Krieg ist, zählt sie sogar die Stunden runter.

Zwei Monate noch und acht verdammte Tage.

»Ich bin ziemlich kaputt«, sagt sie, »die Schule war wahnsinnig anstrengend.«

»Wir schlagen nur ein paar harmlose Bälle. Okay?«

»Bitte nicht, ich bin total fertig.«

»Aber wir kämen mal wieder nach draußen.«

»Ich bin oft genug draußen mit dem Hund.«

»Wir nehmen ihn mit. Sagen wir um zwei? Ist das okay?«

»Nein, ist es nicht.«

»Warum denn nicht?«

»Ich mag nicht, wenn mich jemand so sieht.«

»Dass dich jemand wie sieht?«

»So traurig«, sagt Karen.

Seit Tagen hatte sie kaum noch von Chris gesprochen, und er dachte schon, sie habe sich beruhigt, damit abgefunden, dass der Junge in diesem Krieg ist. Er steht auf, umarmt sie. Karen lässt es geschehen, doch fasst sie nicht nach seiner Hand. Irgendwann löst er sich von ihr, räumt den Tisch ab, stellt das Frühstücksgeschirr in die Maschine.

»Warum fährst du nicht allein zum Klubhaus? Es ist doch immer jemand da, der mit dir spielen könnte.«

Es soll versöhnlich klingen.

»Mal sehen«, sagt er.

»Jetzt bist du mir böse, gib es zu.«

»Bin ich nicht.«

»Du findest mich furchtbar, nicht wahr?«

Ihre Stimme verschwimmt, sie wird weinen, wenn er nicht nachgibt.

»Nein, ich finde dich nicht furchtbar. Ich dachte nur, es täte uns gut.«

»Lieb von dir, aber verschieben wir es auf nächste Woche. Wäre das okay?«

»Ja, dann also nächste Woche.«

Sie nimmt die Leine vom Haken und ruft den Hund. Er sieht ihr nach. Sie geht daher wie eine vom Leben schwer beladene Frau. Wo der Wald beginnt, lässt sie den Hund laufen, und Arnold verliert sie schon bald aus den Augen.

Er weiß nicht recht, was er tun soll. Er fährt den Computer hoch, sieht nach den Nachrichten. Alles ruhig im Krieg. Chris' letzte Mail kam vor zwei Tagen. Zum Schluss erwähnte der Junge den neuen Koch. Dass sie ihn im Camp »den Salzer« nennen, weil er sogar die Nudeln versalzt. Und dass sie ein Volleyballturnier austragen. Wenn sie spielen, sind die Wachposten doppelt besetzt. Für das Turnier wird der Wall ums Camp um mehrere Lagen Sandsäcke erhöht. Dass die Scharfschützen der anderen den Spielern nicht in die Köpfe schießen, wenn sie am Netz hochspringen.

Arnold hat Karen von der Mail erzählt. Gestern. Die Geschichte vom Salzer hat er ausgeschmückt. Dafür die doppelten Wachposten beim Volleyball weggelassen und auch die Sandsäcke und Scharfschützen.

»Das hört sich doch gar nicht mal schlecht an, wenn das Schlimmste im Krieg versalzene Nudeln sind, oder?«, hat er gesagt und ein wenig gelacht.

Karen hat dem Hund den Kopf gestreichelt und mit einem feinen Lächeln aus dem Fenster gesehen, als malte sie sich aus, wie Chris nach dem Ball hechtet, wie ihr zwei Meter großer Junge die Bälle ins Feld der gegnerischen Mannschaft drischt und wie sich die Spieler vergeblich nach seinen Schmetterbällen strecken.

»Ich wusste gar nicht, dass sie Volleyball spielen im Krieg. Aber wir haben ja auch keine Ahnung vom Krieg. Wir kennen ja nur den Frieden.«

Sie hatte einen Unterton in der Stimme, der ihn alarmierte. Er stand auf, sah aus dem Fenster, beugte sich nach dem Hund.

»Vielleicht geh ich doch noch mal mit ihm raus, was meinst du?«

»Man kann nur ahnen, was im Krieg los ist. Du weißt ja, was der Krieg deinem Vater angetan hat. Er hat ihn am Leben gelassen und trotzdem kaputt gemacht.«

Sie lehnte sich zurück. Noch immer mit diesem Lächeln im Gesicht. Als sei es für immer.

»Du sagst mir die Wahrheit, oder?«

»Wie meinst du das?«

»Dass du mir alles sagst, was Chris dir schreibt. Das tust du doch, nicht wahr?«

»Natürlich, was denkst du?«

»Du lässt nicht etwa die Hälfte weg, dass ich mich nicht aufrege? Du bleibst doch immer bei der Wahrheit?«

Nein, hätte er sagen müssen, nein, nein, nein. Ich lasse die Hälfte weg. Dass du dich nicht aufregst. Manchmal sogar mehr. Ach Unsinn, ich lasse fast alles weg. Und vielleicht machts der Junge genauso. Wer weiß das schon?

Die Wahrheit. Im Krieg gibt es keine Wahrheit. Ein Krieg ist voller Lügen. Kriege werden mit Lügen begonnen, sie werden mit Lügen geführt und mit Lügen beendet. Das ist die Wahrheit.

»Ich kann dir nur sagen, was mir der Junge schreibt. Mehr nicht«, hatte Arnold sich bemüht, es so ruhig wie nur möglich zu sagen.

»Dann bin ich beruhigt.«

Sie hatte nach seiner Hand gefasst, noch immer mit diesem Lächeln.

»Mit versalzenen Nudeln wird der Junge ja wohl noch fertig werden, oder?«

»Das denke ich auch«, hatte er schnell gesagt und ein brüchiges, kleinliches Lachen versucht.

Aus irgendeinem Grund ist die Lüftung des Computers lauter als sonst. Das Geräusch mischt sich unter das Pfeifen im Ohr. Er lässt sich Zeit. Spitzt die Bleistifte an, leert den Papierkorb, dreht eine neue Glühlampe ein. Dann erst der Posteingang. Drei Nachrichten neu: vom Tennisklub die Trainingszeiten, von den Elternvertretern wegen der Klassenfahrt und eine Einladung zur Radtour von Urlaubsbekannten. Von Chris nichts. Also liest er noch einmal die letzte Mail.

*Hi Dad, der Hauptmann hat uns ein Video gezeigt. Eine verschleierte Frau sitzt gefesselt im Staub. Plötzlich kommt einer von den Männern mit Bärten und schießt ihr in den Rücken. Die Frau kippt um, und das Schwein schießt ihr in den Bauch. Das Blut spritzt ihr aus dem Mund, und sie schreit furchtbar, und dann schlägt ihr einer einen Stein ins Gesicht, immer wieder schlägt er zu, bis sie sich nicht mehr bewegt. Angeblich ist sie fremdgegangen. Die Männer mit Bärten haben Allah, Allah gerufen. Ich habe noch nie so etwas Feiges gesehen. Ein paar von unseren Jungs haben gekotzt. Ich hatte eine Scheißwut. Wir sind hier, dass das aufhört, hat der Hauptmann gesagt. Keine Ahnung, ob das klappt, Dad.*

*Sonst immer dasselbe. Langeweile und Staub. Ich vermisse Sandra. Vielleicht wirst du bald Opa, wenn ich zurück bin. Wie wär das? Und wie geht's Mom? Sie macht sich Sorgen, oder? Sag ihr, dass ich Volleyball spiele (wir haben doppelte Wachen aufgestellt und noch drei Lagen Sandsäcke auf die Mauer gelegt, sonst schießen uns die Scharfschützen in die Köpfe, aber erzähl Mom nichts davon). Sag ihr, dass wir jeden*

*Abend Volleyball spielen und einen Koch haben, der die Nudeln versalzt. Der Idiot heißt »der Salzer« bei uns. Dein Chris.*

Manches im Leben ist nur zu ertragen, weil man es gar nicht begreift, denkt Arnold. Er sieht aus dem Fenster. Eine matte Sonne lässt die Scheiben blinken. Karen kommt mit dem Hund aus dem Wald und biegt in die Siedlung ein. Sie bewegen sich umeinander wie Tänzer. Er schaltet den Computer aus.

Zwei Monate noch und acht verdammte Tage.

## 31

Mit dem Abend trommelte wieder ein Unwetter aufs Dach. Der Hund stand am Kamin, zog den Kopf ein und jaulte. Ob aus Angst vor dem Gewitter oder vor Schmerzen, war nicht zu unterscheiden.

Nachts spricht der Doc zu Arnold. Er redet von vier jungen Männern, deren göttliche Gabe es war, Töne voller Frieden, voller Wärme und voller Liebe zusammenzufügen. Irgendwann gruben sich Missgunst und Hass zwischen die Männer und zerstörten ihre Freundschaft. Dem Frieden und der Liebe aber, die in ihrer Musik lebt, konnte ihre Feindschaft nichts anhaben.

»Have a good night, folks«, sagt der Doc.

Er lässt ihn mit dem hölzernen Pochen eines Schlagzeugs zurück. Behutsam klopft es den Beat, knüpft ein enges Netz aus federleichten Tönen. Als es tragfähig ist, schwingt ein Bass heran, springt auf und ab. Wie ein Trampolin nimmt es ihn auf, schnellt ihn sanft in die Höhe. Dann gleitet mit wehenden Klängen die Gitarre darüber, es sind Töne wie Fäden von Rauch, sie verwirbeln zu wechselnden Formen. Vom Grund her kommt ein dunkles Schimmern auf, wirbelt glänzend wie Wasser, ist eine düster fauchende Orgel. Schwappt über das Netz aus Rhythmus, wird zum blutroten Meer. Längst hat Arnold die Augen geschlossen und aus den Tönen werden Tiere: bizarre Kreaturen, dreiköpfige Vögel, gallertartige Schlangen, gazeförmige Wesen. Er fliegt jetzt, die Wärme strömt tief in ihn ein, ein alles umfassender Friede kommt auf, lässt sein Herz langsamer schlagen, viel leichter und leiser. Der Geist derer, die ihn verließen, umhüllt ihn, wärmt ihn, und endlich versinkt er in einem tiefen, traumlosen Schlaf.

Als er erwacht, ist noch Nacht, und das Radio sendet ein Rauschen. Er fühlt sich gestärkt, fühlt sich ausgeruht, ist ein Krieger vor der Schlacht mit gleichmütigem Puls. Er schlägt die Decke zurück, steht auf, füllt dem Hund den Napf, und noch bevor die Sonne aufgeht, holt er das Gewehr aus dem Versteck, schiebt eine einzige Patrone ins Magazin, streicht über das polierte, dunkle Holz des Schafts, zieht die Tür der Hütte auf. Kühl strömt die Nachtluft herein. Er tritt auf die Veranda, stützt den Lauf der Flinte am Geländer auf.

Das Schwarz der Nacht verblasst im Morgengrauen. Die Straßenlaternen sind unscharfe Punkte im Dunst, frühe Lichter flackern von den Hotels herauf. Er zielt auf den Kirchturm, der sich schattenhaft über dem Dorf abzeichnet, und drückt ab.

Der Rückschlag drischt ihm den Kolben gegen die Schulter. Der Knall ist lauter als erwartet und durchschlägt die Stille der ausgehenden Nacht. Noch bevor sich ein Echo auftürmen kann, erhebt sich vom Feld eine schwarze Wolke aus Tausenden Vögeln gegen den Himmel.

Was ein einzelner Schuss ausrichten kann. Er lacht. Und wenn er das Bellen richtig versteht, dann lacht auch der Hund.

## 32

Als er durch die Siedlung fährt, wartet ein Rettungswagen mit blinkendem Blaulicht und aufgerissener Klappe vor dem Haus des Architekten. Zwei Sanitäter tragen den Mann hinaus, schlaff baumeln die Arme von der Trage. Die Frau steht reglos in der Tür.

Er setzt den Blinker, biegt auf die Hauptstraße ab, sieht zum Himmel. Ein Tag, an dem sich das Grau nicht auflöst. Pendler sind unterwegs in die Stadt, Kinder warten an der Haltestelle auf den Schulbus, am Rande des Feldes verbrennt nasses Holz, graubläulicher Qualm steigt auf. Ein riesiges Flugzeug reckt die Nase ins Grau, lässt die Flügel schräg stehen und schwenkt ein gen Westen.

Der Architekt hatte ein totes Gesicht, so viel konnte er sehen. Vielleicht muss er jetzt sterben. Was machte das schon. Der Mann ist alt. Chris ist jung. Es ist etwas anderes, wenn ein Junge mit vierundzwanzig Jahren stirbt.

Zwei Monate noch und sechs Tage.

Mit dröhnender Sirene setzt der Rettungswagen zum Überholen an. Arnold nimmt den Fuß vom Gas, lässt ihn passieren, dreht das Radio lauter, fährt hinter dem Kreisverkehr auf die Bundesstraße. Er fährt diese Strecke jeden Morgen zur selben Zeit, seit zwanzig Jahren schon, und auf diesem Stück des Weges kommen im Radio die Werbespots.

Neuerdings werben sie um die jungen Leute, Soldaten zu werden. Heute nicht. Heute sollen sich die Radiohörer einen Spielfilm über Außerirdische ansehen, sollen Lotterielose kaufen. Der Jackpot quillt über. Im Baumarkt gibt es preisreduzierte Rasenmäher, aber nur heute und solange der Vorrat reicht.

Wenn die Nachrichten beginnen, hat er den Tunnel meist schon hinter sich. Doch heute kriechen die Wagen Stoßstange an Stoßstange in die schwarze Röhre, weiter vorn schleicht ein Lastwagen, der alles blockiert. Die Nachrichten beginnen, als er in den Tunnel einfährt, die Stimme des Sprechers wird zu sinnlosem Knistern. Erst ab der Ausfahrt hört er wieder klar. Sie sagt, der Minister verurteilt den Anschlag und spricht den Angehörigen des gefallenen Soldaten sein Mitgefühl aus. Dann eine Atempause, der Sprecher sagt Nürnberg und redet weiter von Arbeitslosenzahlen.

Später weiß er nur, wie mit den Worten des Nachrichtensprechers etwas glühend Heißes in jeden Winkel seines Körpers einströmte, dass ihm das Herz schlug, als wollte es ihm die Rippen zerbrechen. Jeden Tag meldet das Radio Tote. In zwanzig Jahren waren es Tausende von Toten. Die Toten der Flugzeugabstürze, der Morde, der Bombenanschläge, der Katastrophen. Aber immer waren es die Toten der anderen gewesen. Nie seine Toten.

Er klammert sich ans Lenkrad, als versinke er sonst im Sitz. Die Scheibenwischer wischen, auch wenn da nichts mehr zu wischen ist. Er kann sich nicht erinnern, den Wagen auf den Rastplatz gesteuert zu haben. Er zieht den Zündschlüssel ab. Die Scheibenwischer bleiben stehen. Irgendwann, nach Minuten erst oder vielleicht doch schon nach Sekunden, klingelt das Handy. Drei, vier Mal lässt Arnold es schellen. Er fürchtet sich vor der Stimme des Ministers.

»Hast du's gehört?«, fragt sie.

»Nur den Schluss«, sagt er, »ich war im Tunnel.«

Er schließt die Augen, rechnet jetzt mit allem. Merkwürdigerweise denkt er: Es ist beim Volleyballspielen passiert. Der Junge ist zwei Meter groß. Vielleicht haben sie doch nicht genug Sandsäcke aufgelegt gegen die Scharfschützen. Sag schon, sag es.

»Der tote Soldat«, sagt Karen, »er war aus Leipzig.«

Arnold nickt. Atmet aus. Zieht Luft durch die Nase. Hält die Augen geschlossen.

»Bist du noch da?«, fragt sie.

»Ja.«

»Es hätte auch Chris sein können.«

»Es war aber nicht Chris.«

Karen schweigt. Er hört ihren Atem. Hört sein Herz und seine Lüge.

»Dem Jungen passiert nichts, ich weiß es.«

»Sag das nicht.«

»Ich bin mir ganz sicher.«

»Niemand kann da sicher sein.«

»Doch, doch, ich weiß es.«

»Hör auf mit dem Unsinn«, sagt sie, »du machst es nur noch schlimmer.«

»Ich liebe dich«, sagt er.

»Ich leg jetzt auf.«

## 33

Er erwacht davon, dass der Hund im Schlaf knurrt, dass er aufzustehen versucht, doch er kommt nicht hoch. Der Hund jault und streckt sich wieder aus. Es ist früher Morgen. Er bleibt auf dem Bett liegen. Über ihm schwanken die Dachbalken, als gehörten sie zu einem Mobile. Kaum merklich pendelt die Lampe. Die Farbe des Holzes changiert von Schwarz zu Braun.

Er hört die feinsten Töne, seit das Pfeifen aus seinem Kopf verschwunden ist. Mit dem letzten Tag seines vorherigen Lebens war es verstummt, genau so plötzlich und unerklärlich, wie es gekommen war.

Jetzt kraucht da etwas übers Dach. Aus der Ferne kommt ein Bellen. Das Rascheln der Bäume kriecht unter die Tür. Im Tal eine Glocke. Schreit da ein Tier? Ein Kind? Fällt ein Schuss? Ein Klopfen? Chris. Karen.

*Komm mach auf, mach uns auf. Bitte mach doch auf.*

Er reißt sich aus dem Dämmer hoch und setzt sich auf. Der Hund hebt den Kopf. Keine Schreie, keine Schüsse, kein Klopfen. Nur vollkommene Stille jetzt.

Er steht auf, schaltet das Radio ein. Ein alter Mann spricht mit dunkler, zermürbter Stimme. Als könnte er sich nicht entscheiden zu singen oder zu weinen. Die Sprache des Alten könnte Griechisch sein.

Durch die Ritzen der Läden schimmert die Sonne des Tages. Der Hund rappelt sich auf, macht drei Schritte, knickt weg, doch er bleibt auf den Beinen.

»Komm her«, sagt er.

Der Hund zieht das verletzte Bein nach. Bei jedem Schritt ein Schnaufen. Er krault ihm das Fell, fasst ihn unter und trägt ihn auf die Veranda hinaus.

Die Skulpturen sind nass vom Tau. Der Bildhauer hatte sie kerzengerade in den Hang gestellt. Als sollten sie stolz zur Sonnen streben. So wie die Bäume. Sechs Skulpturen im Kreis, die siebte in der Mitte. Vermutlich haben sie die Skulpturen so lange mit Füßen getreten, bis sie aus den Fundamenten brachen. Die Sockel stehen als Stümpfe im Gras. Er müsste sich eine Seilwinde beschaffen oder einen Bagger kommen lassen, wollte er die Skulpturen wieder aufrichten.

Der Hund steht auf der Veranda, er zittert und bellt. Zu seinen Pfoten liegt der Ball.

»Leg dich hin«, sagt Arnold und ist überrascht, als der zu seiner Decke schleicht, sich ausstreckt und wenig später schon schläft.

Mit einem Metallbolzen nach einem Hund zu schießen ist schlimmer, als ein paar Skulpturen umzustoßen oder mit der Axt ein Radio zu zerschlagen.

Er packt den Rucksack, verriegelt die Hütte, nimmt den Weg über den Pfad, steigt auf den Berg. Diesmal kommt er schneller voran, bleibt im Unterholz, als er das Versteck im Wald beobachtet. Er wartet eine Stunde dort. Nichts bewegt sich. Alles ist still. Wirft Steinchen aufs Zelt, um sicherzugehen, dass der andere nicht schläft. Die Steine prallen ab wie von einem Tennisschläger.

Nein, alles bleibt ruhig.

Er hätte eine Waffe mitnehmen sollen. Wenn schon nicht das Gewehr, dann wenigstens ein Messer. Er sollte sich ein Messer besorgen und dann noch einmal kommen. Er nimmt einen Ast auf und wirft ihn nach dem Zelt. Der Ast kracht durchs Gehölz. Ein Vogel flattert hoch. Dann ist wieder alles still.

Er kriecht aus der Deckung, schleicht bis zum Zelt. Alles ist möglich. Falls man ihn beobachtet, die ganze Zeit schon, wird er den Bolzen nicht mal hören, bevor er in seinem Kopf einschlägt. Er bleibt tief am Boden. Zweige knacken unter seinen Füssen. Ein Stein rollt den Abhang hinunter und kollert ins Unterholz.

Das Zelt ist nicht sehr groß, ein Ort für einen Einbrecher und Hundeschänder. Es wird von wuchtigen Haken gehalten. So trotzt es wohl auch bei Sturm. Über die Haken sind Gräser und Sträucher gewuchert. In der Feuerstelle glänzt die

Asche vom Regen. Daneben, unter einem Stein, ein zerknülltes Päckchen von Arnolds Zigaretten.

Im Baum beim Zelt sind Dutzende Löcher. Vom Bolzenschussüben? Er hält die Luft an, lauscht in den Wald. Vielleicht warten sie, bis er das Zelt öffnet, und dann erst jagen sie ihm das Geschoss ins Gesicht. Seltsamerweise schlägt sein Herz jetzt langsamer statt schneller.

Eine Krähe flattert und krächzt über dem Wald, lässt sich auf die Lichtung fallen, fängt sich, schwingt die Flügel, fliegt davon. Zentimeter für Zentimeter zieht er den Reißverschluss runter. Im Zelt liegt nur eine kleine Matte. Nicht zwei, nicht drei, nur eine Matratze. Dann ist der andere also allein. Ein paar schmutzstarrende Decken liegen herum. Ein Wasserkanister. Zwei leere Taschen. Konserven, Bierdosen und der Rest von Arnolds Zigarettenvorrat.

Hinter ihm knacken Zweige. Vielleicht auch Stimmen. Nein, Stimmen sind das nicht. Er kennt die Geräusche des Waldes. Es ist der Wind, der die Bäume zum Sprechen bringt.

Schneller, mach schneller.

Er zieht das Fläschchen aus dem Rucksack, spritzt Benzin über Decken und Matratze. Wickelt den Lappen um einen Ast. Träufelt den Rest des Benzins darauf. Die Fackel brennt lichterloh. Er wirft sie ins Zelt. Die Flamme wird zum dunklen Fauchen, in Windeseile schlägt sie aus. Die Hitze fährt ihm direkt ins Gesicht. Das Feuer ist höher als das Zelt, verschlingt es und leckt an den regennassen Bäumen.

Auf dem Pfad dreht Arnold sich um nach dem Rauch, der da schmal und nebelgrau vom Wald aufsteigt. Als er an seiner Hütte ist, kommt kein Rauch mehr aus der Ferne. Der Himmel hat ein klares Postkartenblau. Ein Idyll. Weiße Wolkenschiffe wehen von sanftem Wind getrieben gen Süden.

Er schiebt die Tür der Hütte auf, und der Hund begrüßt ihn wie von Sinnen. Später, als er auf dem Bett liegt und auf einem französischen Sender Chansons hört, legt ihm der Hund den Ball zu Füßen, bellt und humpelt zur Tür, dass ein neues Spiel beginnt.

# DRITTER TEIL

## 34

An einem solchen Tag gewährt der Berg ihm den Frieden, den er bei ihm suchte. Die Makellosigkeit der Landschaft rührt ihn an. Die Luft ist erfüllt vom Geruch der Fichten. Die Sonne steht hoch. Schneeweiß schweben die Wolken über dem Kamm. Vögel lassen sich vom Aufwind tragen. Mit ein wenig Phantasie sieht er in dem See, der dunkelgrün daliegt in der Schlucht, einen fein geschliffenen Smaragd.

»Wo bleibst du denn?«, sagt er.

Manchmal versucht der Hund, nur auf den drei gesunden Beinen zu laufen. Was komisch aussieht. Das Humpeln strengt ihn an. Immer wieder steht er da und schnappt nach Luft. Arnold setzt sich auf einen Baumstamm und raucht. Natürlich war es lächerlich, noch mit dem Rauchen anzufangen. Aber in seinem neuen Leben wollte er ein Raucher sein. Der Qualm brennt ihm scharf in den Augen, lässt ihn husten. So husteten auch die Schüler mit ihren heimlichen Zigaretten auf der Schultoilette. Lange her, eine andere Zeit, ein anderes Leben, eine andere Welt. Er schnippt die Kippe auf den Schotter, und der Hund holt ihn ein.

»Guter Junge«, sagt er und tätschelt ihm das Fell.

Als Chris zu rauchen anfing, war er fünfzehn. Karen fand

die Zigaretten unter seinem Bett. Die Zigaretten und einen Stapel Pornohefte.

»Und was machen wir jetzt?«, hatte er gefragt.

»Was sollen wir denn machen?«, hatte sie geantwortet und gelacht. »Chris ist doch kein Kind mehr.«

Weiter unten im Tal wird aus dem Schotterweg eine Straße. Sie schlängelt sich am Gemeindeamt, den Tennisplätzen und dem Schwimmbad entlang und endet am Golfhotel. Ein Absperrband flattert im Wind, ein Polizist winkt die Autos in den Abzweig zur Landesstraße. Auf dem Asphalt kommt der Hund nun viel besser voran. Der Geruch von Teer weht herbei. Die Straßenarbeiter tragen Overalls in Signalfarben, übersät von schwarzen Flecken. Die Fahrbahn dampft. Dem Fahrer der Walze klemmt eine erloschene Kippe im Mundwinkel. Hinter der Baustelle fährt ein Kind auf einem Dreirad. Ein Mädchen, vielleicht drei, vier Jahre alt.

»Warum läuft dein Hund so komisch?«, fragt das Kind.

»Er ist in einen Nagel getreten.«

»Antonia, was sprichst du die Leute an?«

Ihre Mutter ist eine kräftige junge Frau mit langen schwarzen Haaren und geröteten Wangen. Die beiden sehen einander verblüffend ähnlich.

»Die Antonia ist ein furchtbar neugieriges Kind«, sagt sie.

»Das ist doch gut für ein Kind«, sagt er.

»Aber man weiß nie, wer den Weg langkommt.«

»Darf ich deinen Hund streicheln?«, fragt das Mädchen.

Das Tier zieht den Kopf ein, als das Kind ihm mit der Hand durchs Fell fährt.

»Wie heißt dein Hund?«

»Er heißt Chris«, sagt Arnold.

»Grüß Gott, Chris«, sagt Antonia und lacht.

# 35

Vor zwei Wochen plötzlich hat Karen gesagt, dass sie das Kreischen und Lärmen der Schüler nicht mehr ertrage. Seither verlässt sie das Haus nur noch, um mit dem Hund in den Wald zu gehen. Sie hat eine gelbliche Krankenhaushaut bekommen, und ihre Bewegungen sind entweder fahrig oder träge. Ein feines Zittern vibriert in ihr. Im Keller hinter den Gartengeräten hat er einen Karton mit leeren Flaschen gefunden: Cognac und Wein. Er wusste nicht, dass sie trinkt.

Ein Monat noch und neunundzwanzig Tage.

Beim Abendessen ist das Zittern aus Karen entschwunden. Sie lächelt schief und fragt nach seinem Tag. So haben sie es immer gehalten, in all den Jahren, dass sie sich beim Abendessen vom Tag erzählen.

»Nichts Besonderes heute«, sagt er und erzählt ihr vom Missgeschick des Konrektors. Der war mit seinem Wagen auf dem Lehrerparkplatz gegen einen Poller gefahren. Ein Schüler hatte den Unfall mit dem Handy gefilmt und das Video ins Internet gestellt. Seither warten die Oberstufenschüler jeden Morgen auf dem Parkplatz und brechen in Jubel aus, wenn es der Konrektor in die Parklücke schafft, ohne irgendwo anzustoßen.

»Der natürliche Feind des Lehrers ist der Schüler«, sagt Arnold und lacht.

»Ich glaube, ich werde auch bald wieder arbeiten gehen«, sagt Karen.

Sie hat eine schwere Stimme. Ihre Augen sind halb geschlossen.

»Das wäre schön«, sagt er.

»Ich liebe dich«, sagt sie.

»Ich liebe dich auch.«

Er geht um den Tisch herum, sie umarmen einander. Sie riecht nach Cognac. Für ein, zwei Minuten bleiben sie so, und für Arnold ist es der friedlichste Augenblick zwischen ihnen beiden, seit der Junge im Krieg ist.

Was tatsächlich in der Schule war? In der großen Pause hatten sich die Kollegen über die Auslandsaufenthalte ihrer Kinder unterhalten. Das war. Überboten sich gegenseitig mit exotischen Zielen oder den ehrgeizigen Plänen ihrer Söhne und Töchter.

»Arnold, wo treibt sich denn eigentlich Ihr Herr Sohn herum?«, hatte der Direktor gefragt.

»Er ist im Krieg«, war seine Antwort gewesen.

Alle Kollegen hatten es plötzlich eilig gehabt, in ihre Klassen zu kommen. Obwohl die Pause noch gar nicht zu Ende war.

## 36

Er schlendert mit dem Hund an den Ferienpensionen entlang. *Gasthof Monika, Haus Kristall* oder *Hotelherberge Enzian*. So, wie er da langgeht, wird ihn jeder für einen Urlauber halten. Auf der Terrasse des Cafés am Sporthotel ist er der einzige Gast. Er bestellt eine Melange. Der Kellner hat welke Haut und einen alten Gang. Golfkarren surren aus der Tiefgarage, und auf der Dorfstraße flanieren Touristen.

Es war vor zweiundzwanzig Jahren, dass Arnold zum ersten Mal hierherkam, ins Dorf. Sie waren auf der Rückreise aus Italien mit einem Ford Transit, den er von einem Gemüsehändler gekauft und zum Campingbus ausgebaut hatte. Der

Geruch von verfaultem Obst hatte sich nie ganz aus dem Wagen vertreiben lassen. Als sie in das Dorf gekommen waren, hatte Karen wegen der Tennisspieler, die mit geschulterten Schlägern an den Boutiquen entlangschlenderten, ein Gesicht gemacht.

»Lass uns bloß weiterfahren«, hatte sie gesagt, »hier gibt es doch nur Snobs.«

Aber da hatte Chris schon das Eiscafé entdeckt, und sie waren ausgestiegen. Das Eiscafé gibt es noch immer. Er müsste sich nur danach umdrehen. Sie haben eine zusätzliche Terrasse angebaut und Heizpilze aufgestellt. Im Winter trinken hier die Skifahrer Cappuccino.

Die Nacht hatte er mit Karen und dem Jungen im Bus verbracht. Bei Sonnenaufgang hatte Chris von einem Traum geweint, und Arnold hatte die Gardine aufgezogen.

»Es ist unglaublich schön hier«, hatte Karen gesagt, als die Sonne feuerrot hinter den Bergen aufstieg.

Arnold schließt die Augen. Streckt den Arm nach ihr aus. Komm her, ruh dich aus bei mir. So komm doch her.

»Hat der einen Namen?«, fragt der Kellner und gießt Wasser in den Napf des Hundes.

»Er heißt Hund«, sagt Arnold.

»Ist nicht einfach, einen guten Namen zu finden für einen Hund«, sagt der Kellner.

»Wem sagen Sie das?«

»Ich hatte mal einen Hektor.«

»Vielleicht wär das ein guter Name für ihn.«

»Das Taxi hat meinen Hektor überfahren.«

»Dann überleg ich's mir lieber noch mal.«

»Besser wär's.«

Karen hätte sicher mit ihm gelacht über den Kellner und

seine Geschichte vom Hund. Noch einmal streckt er die Hand nach ihr aus. Komm her. So komm doch her.

All ihre Umarmungen – er vermisst sie so sehr. Millionen Umarmungen. Die Kartons mit den Familienfotos waren voller Umarmungen. Häufig hatten sie sich mit Selbstauslöser fotografiert. Weshalb sie meist belustigte Gesichter haben auf den Bildern, konnten sie doch nie sicher sein, dass er es rechtzeitig vor die Kamera schaffte.

»Es wird regnen«, sagt der Kellner, »das spür ich grad hier.«

Er macht einen Buckel, kratzt sich da, lacht. Sie sehen zusammen auf die Berge. Ein winziger silberner Punkt fliegt gen Norden. Ein Flugzeug. Von Osten her drängen gräuliche Wolken heran. Dahinter donnert es schon. Eine Böe fährt in den Sonnenschirm.

»Ich sag's doch«, sagt der Kellner und zieht die Decken von den Tischen.

## 37

Arnold fährt den Computer hoch. Keine neue Nachricht von Chris. Macht sich mal wieder rar, der Junge. Aus dem Radio dröhnt alberner Rock 'n' Roll. Er schaltet es aus und nimmt sich den nächsten Karton mit Familienfotos vor. Chris mit Seifenblasen. Chris mit seinen Hunden. Chris beim Kerzenausblasen. Immer hatte der Junge ein Lächeln für den Fotografen.

Ein Foto von Arnold mit Zauberhut. Schon zwanzig Jahre her. Chris liebte es, wenn sein Vater Zaubertricks vorführte. Er beherrscht sie noch immer: Nasenklauen, Daumen verschwinden lassen, ein Geldstück unter dem Arm zu nichts zerreiben. Manchmal, wenn die Fünftklässler ihre ersten Schultage haben und vor Aufregung kaum Luft holen, zeigt er ihnen seine Tricks, und dann können die Kinder wieder lachen.

Der Hund schnarcht. Arnold brüht sich einen Tee auf. Später findet er auf der Website einer englischen Zeitschrift eine Reportage aus dem Krieg: *Die Seelen der Soldaten*. Dazu Fotos von Fallschirmjägern. Vor dem Krieg, im Krieg, nach dem Krieg. Sie zeigen, wie der Krieg aus arglosen Jungs erschrockene Männer macht. Männer, die bei zwanzig Grad unter null ins Schwitzen geraten und denen bei vierzig Grad Hitze die Zähne klappern. Es liegt am Adrenalin, schreibt der Reporter. Im Gefecht bekommen die Soldaten davon sogar höhere Stimmen. Stimmen wie Chorknaben.

Der Hund schreckt hoch vom Rattern des Druckers, er gähnt und jault.

»Schlaf weiter«, sagt Arnold.

Das Adrenalin lässt auch den Blick der Soldaten verschwimmen, macht aus dem Dreck, dem Staub, den Steinen da draußen ein einziges helles Loch. Als blickten sie durch ein Fernrohr mitten in die Sonne.

Er steht auf, geht in den Garten. Die Nacht ist regnerisch und kalt. Er bleibt unter der Markise. Vielleicht sollte er das Rauchen anfangen, wenn er schon nachts vor der Tür steht wie ein Raucher. Er hat nie geraucht. Chris hatte nur gelacht, als Arnold ihm das Rauchen ausreden wollte.

»Musst du so viel rauchen, Junge?«

»Ich muss nicht, Dad, ich will.«

Der Hund zerrt an Arnolds Hosenbein. Er will in den Wald. Doch der Regen ist stark, platscht in dicken Tropfen aus einem pechschwarzen Himmel.

»Heut nicht«, sagt er und zieht den Hund zurück ins Haus. Der knurrt und fletscht die Zähne.

»Jetzt sei doch endlich still«, sagt Arnold, als sie in seinem Zimmer sind.

Er sieht auf dem Bildschirm eine neue Mail von Chris. Er sehnt seine Nachrichten herbei, doch fürchtet er sich auch vor ihnen. Das Tosen und Pfeifen in seinem Kopf wird dann noch lauter, viel lauter als alles andere.

»Sie müssen die Geräusche ignorieren«, hat der Arzt gesagt, »wenn sie drauf achten, wird der Lärm nur noch schlimmer.«

»Und abstellen kann man es nicht?«

»Nein. Tut mir leid.«

Er klickt auf die neue Nachricht von Chris.

*Hi Dad. Danke für die geile Parkplatzstory. Wir haben uns das Video auf Youtube angeschaut und uns schlappgelacht. Man ist hier für jeden Joke dankbar, die Zeit geht einfach nicht voran. Noch einen Monat und siebenundzwanzig Tage.*

*Die Leute hier leben wie in der Steinzeit. Wir sind die Aliens mit Laptop und Nachtsichtgerät. Was wir hier brauchen, ist ein Computer, der die Guten von den Bösen unterscheiden kann. Wenn mal jemand so ein Scheißding erfindet, kann er stinkreich werden.*

*Neuerdings verkleiden sich die Männer mit Bärten als Soldaten oder Polizisten. Gestern hat ein Polizist auf dem Markt eine Bombe geworfen. Alles war voller Blut. Da lag ein Junge ohne Arme. Er lag mit dem Gesicht im Dreck. Als wollte er noch mal den verdammten Staub hier küssen, bevor er stirbt. Ich hoffe, wir kriegen es hin, dass das endlich aufhört, auch wenn es scheiße schwer ist.*

*Mein Gott, was hatte ich es gut als Kind. Weißt du noch, wie du mich aus dem Brombeerbusch an der Todesbahn gezogen hast? Das war das Schlimmste, was mir als Kind passiert ist, und es ist nichts gegen das, was den Kindern hier passiert. Es ist total verrückt und abgefuckt. Wir wollen die Kinder retten, und wenn sie fünfzehn sind, kriegen sie eine Knarre und knallen uns ab. Manche Sachen versteht man einfach nicht. Vielleicht besser so.*

*Sandra maile ich lieber nichts von der ganzen Scheiße. Für Mom ist das auch nichts. Sag ihr, mir geht es gut, ich habe Langeweile, wir haben das Volleyballturnier gewonnen, und die Nudeln sind noch immer versalzen. Dein Chris.*

Arnold sieht auf den Monitor. *Blut, Bomben, Staub.* Irgendwann schaltet sich der Bildschirmschoner ein. Die Modelleisenbahnlandschaft setzt sich nach und nach aus Hunderten von Puzzleteilchen zusammen. Kaum ist das Bild vollendet, zerfällt es zu einem Trümmerhaufen, um gleich wieder von vorne zu beginnen mit dem Ineinanderschieben der Teilchen.

## 38

Ein Wildschwein kniet im Schaufenster. Sein Fell ist staubig. Es blickt zu seinem Jäger auf. Der zielt mit einem Gewehr auf das Schwein und grinst. Am Lauf der Waffe, am Hut des Jägers, an Jacke, Hose und Schuhen baumeln Preisschilder. In der Auslage sind auch Ferngläser, Jagdlampen, Fernrohre und Jagdmesser ausgestellt. Der Hund knurrt und bellt das Wildschwein an.

»Still«, sagt er und dreht ihn vom Wildschwein weg, dass er auf die Kleingolfbahn sieht.

Er weiß nichts über Gewehre und Messer. Die einzige Waffe, die er je besaß, fand er als Kind an einer Bushaltestelle: ein

Schnitzmesser mit Hirschhorngriff. Vor seinem Vater hielt er es gut versteckt. Die Klinge war nach unten geschwungen wie der Schnabel eines Adlers und ziemlich scharf. Als Chris zehn wurde, gab er das Schnitzmesser an den Jungen weiter.

Die Ladentür löst einen Torjubel aus. Ein junger Mann blickt auf den Monitor eines Computers.

»Ich hätte gerne ein Messer«, sagt Arnold.

Der Verkäufer sieht auf, als sei er überrascht von diesem Wunsch.

»Aber gern. Soll das Messer für Sie sein?«

»Nein, für meinen Sohn.«

»Ein Geschenk?«

»Ja, ein Geschenk.«

»Ist der Herr Sohn ein Kind oder schon erwachsen?«

»Was spielt das für eine Rolle?«

»Falls der Herr Sohn ein Kind ist, nehmen Sie besser eine abgerundete Klinge, dann kann …«

»… er ist kein Kind.«

Der Verkäufer nickt.

»Und wie heißt Ihr Herr Sohn?«

»Wofür ist das denn wichtig?«

»Ich frage nur, weil wir eine Gratisaktion haben. Wir gravieren kostenlos den Namen des Besitzers in den Griff.«

»Ich möchte keine Gravur.«

»Ich wollte es Ihnen ja nur anbieten. Nicht dass Sie später sagen, Sie hätten es nicht gewusst.«

»Können Sie mir jetzt die Messer zeigen?«

»Natürlich. Sie müssten mir nur noch verraten, wofür Ihr Herr Sohn das Messer braucht.« Der Verkäufer hat ein widerliches, überhebliches Lächeln. Auf seiner Stirn steht Schweiß. Er wischt ihn mit dem Handrücken weg.

»Wofür?«

»Es ist ein Unterschied, ob Ihr Herr Sohn das Messer für die Jagd braucht, zum Holzschnitzen oder zum Äpfelschälen.« Nun streicht sich der Verkäufer die Haare zurück. Er genießt es, mehr über Messer zu wissen als seine Kundschaft.

»Es ist für die Jagd«, sagt Arnold.

»Dann muss ich Ihnen leider eine weitere Frage stellen«, sagt der Verkäufer und zieht das Lächeln noch breiter, »ist das Messer zum Abziehen und Häuten von Wild gedacht oder zum Ausnehmen?«

Der Hund zu Arnolds Füßen stellt sich auf und knurrt leise.

»Was ist denn mit Ihrem Freund passiert?«, fragt der Verkäufer und deutet auf die Bandage.

»Gibt es keine Allzweckmesser?«

»Doch, doch, die gibt es. Zum Klappen oder mit starrer Klinge?«

»Zum Klappen.«

»Dann hab ich was für Sie.«

Der Verkäufer breitet ein Samttuch aus, öffnet eine Vitrine, legt verschiedene Fabrikate aufs Tuch, so sorgsam, als seien es Schmuckstücke.

»Also …« Er räuspert sich. »Da hätten wir …«

»… ich nehme das mit dem schwarzen Griff.«

Dem Verkäufer rutscht die Zungenspitze aus dem Mund. Rein, raus, rein, raus. Noch ein falsches Lächeln.

»Eine gute Wahl. Ein Marttiini-Messer. Aus Finnland. Für die Klinge wurde 440-C-Stahl verwendet, einhundertfünfunddreißig Millimeter, der Griff ist aus Kautschuk und hat handgearbeitete Fingermulden. Ich kann es Ihnen für zweihundertachtzig Euro anbieten, es ist …«

»… okay, ich nehme es …«

»… sehr scharf. Da muss Ihr Herr Sohn auf seine Finger aufpassen.«

»Sollte ein Messer nicht scharf sein?«

»Gewiss, aber nicht unbedingt so scharf wie ein Marttiini-Messer. Soll ich es als Geschenk einpacken?«

»Nein, ich nehme es so.«

Behutsam schiebt der Verkäufer das Messer in die Schutzhülle. Als habe er Angst um seine Finger. Arnold legt eine von den Patronen auf die Theke.

»Und davon brauche ich hundert.«

Der Verkäufer nimmt die Patrone auf, hält sie gegen das Licht, schüttelt den Kopf.

»Ob's solche überhaupt noch gibt?«

»Vielleicht können Sie ja mal nachsehen.«

»Aber gern.«

Der Verkäufer verschwindet mit der Patrone durch eine Glastür. An der Ladentür brandet Torjubel auf. Ein Paar kommt herein, das nach den Sonderangeboten an Wanderschuhen sieht.

»Haben wir leider nicht vorrätig«, sagt der Verkäufer und legt die Patrone auf die Theke, »schätze, es ist eine ältere Waffe, stimmt's?«

»Können Sie mir hundert davon bestellen?«

»Das müsste gehen.«

»Bis wann?«

»In zwei oder drei Tagen.«

»Dann komme ich in drei Tagen wieder her.«

Auf der Straße zieht Arnold die Luft in die Lunge. Der Wind kriecht ihm kühl unters Hemd. Der Hund schüttelt sich. Die Spitzen der Berge stecken in schwarzen Wolken. Ein Blitz flackert auf. Er sieht auf die Uhr. Der Donner folgt nach fünf Sekunden.

*Chris, wenn zwischen Blitz und Donner fünf Sekunden vergehen, wie weit ist dann das Gewitter entfernt?*

Eine alte Lehrerkrankheit, diese Fragerei. Der Junge mochte es nicht, wenn er ihm Fragen stellte. Also half Karen ihm oft mit der Lösung aus.

Noch ein Donner. So gewaltig, so laut, als rutschte ein Berg zu Tal. Der Hund jault auf. Irgendwo schreien Frauen und Kinder. Der Himmel ist nun zwischen Grau und Schwarz. Die Kleingolfer zerren an Kinderarmen, laufen mit eingezogenen Köpfen davon, sind verärgert, nicht alle Bahnen gespielt zu haben.

Erste Regentropfen klatschen. Der Hund zuckt und heult und drängt sich gegen seine Beine, als die nächsten Blitze schlagen. Er zieht ihn unters Vordach, doch der erschrickt vor dem Wildschwein, bellt wütend das Schaufenster an, das Schwein, das Donnern, das Blitzen.

Manchmal ist es nirgendwo richtig.

## 39

Mit Karen ist plötzlich alles anders. Sie unterrichtet wieder und ist seitdem so heiter wie schon lange nicht. Noch immer kann sie ihn überraschen, auch nach all den Jahren. Am Anfang ihrer Verliebtheit dachte Arnold, sie blieben für immer die Menschen, die sie damals mit achtzehn, neunzehn Jahren gewesen waren. Erst später begriff er, dass sie sich alle paar Jahre fremd wurden, sich zu anderen Menschen veränderten, ganz ohne dass sie es wollten oder sich dagegen wehren konnten, und dann, als ein anderer Arnold und eine andere Karen, miteinander weiterlebten.

Sie singt das Lied aus dem Radio mit. Sie deckt den Tisch, schneidet das Brot auf, gießt den Wein ein. Ihre Haut ist wächsern und glänzt. Die Haare sind ihr stumpf geworden. Aber sie zittert nicht mehr. Der Geruch vom Cognac ist geblieben. In der Garage hinter dem Rasenmäher hat er vor ein paar Tagen einen weiteren Karton mit leeren Flaschen gefunden. Der Cognac lässt Karen auf eine Weise sprechen und gestikulieren, die ihm fremd ist. Er weiß nie, was sie als Nächstes tut oder sagt. Manchmal verfällt sie ohne erkennbaren Anlass in ein düsteres, stundenlanges Schweigen, um sich dann, genauso überraschend und grundlos, aus geringstem Anlass vor Lachen zu schütteln.

»Wie war es denn in der Schule?«, fragt sie.

»Eigentlich wie immer.«

»Bei mir auch. Ich hatte nur vergessen, wie laut es auf einem Schulhof zugeht.«

»Zum Glück sind ja bald Ferien.«

»Was hältst du denn von einer Kreuzfahrt in den Ferien?«

Dazu macht sie ein unternehmungslustiges Gesicht.

»Eine Kreuzfahrt?«

»Ja, warum denn nicht?«

»Ich wusste gar nicht, dass du Kreuzfahrten magst.«

»Woher denn auch, wir kennen uns doch erst seit einunddreißig Jahren.« Sie lacht. »Möchtest du vielleicht noch einen Wein?«

»Danke, ich habe noch.«

Sie erhebt sich, nimmt die Flasche von der Küchenablage und will ihm nachschenken.

»Das Glas ist doch noch voll, mein Schatz.«

»Oh, das habe ich dann wohl überhört.« Ihr Blick ist verzweifelt jetzt. Gleichzeitig will sie lachen.

Hör doch endlich auf zu lachen, hör auf.

»Hat Chris mal wieder geschrieben?«, fragt sie und kämpft mit den Tränen. Beißt sich auf die Lippen. Knetet die Hände.

»Ja, ja, hat er. Er freut sich, dass es bald vorbei ist. Dass er nach Hause kann. Er hat das Volleyballturnier gewonnen, und die Nudeln sind immer noch versalzen. Es geht ihm gut, ich soll dich herzlich grüßen.«

Sie nickt. Sie lächelt. Von allem ein wenig zu viel. Dann verdunkelt sich ihr Gesicht, und sie sieht ihn argwöhnisch an, sieht ihn an wie einen Lügner.

»Das hör ich gern. Das hör ich wirklich gern.« Sie nippt an ihrem Wein, trinkt das Glas mit einem Zug leer, schenkt sich gleich wieder nach.

»Ich könnte mir vorstellen, dass Chris und Sandra heiraten, wenn er erst zurück ist«, sagt er.

Sie sieht auf, sieht ihn ungläubig an, schüttelt den Kopf.

»Wie kommst du denn darauf?«

»Der Junge hat so was angedeutet.«

»Und das sagst du mir erst jetzt?«

»Wer weiß«, sagt er, »vielleicht werden wir sogar bald Großeltern.«

Sie dreht sich zum Fenster. Die Straßenlaterne wirft einen gelblichen Kegel in die Dunkelheit. Sie hält ihr Gesicht dem Fensterglas entgegen, als genösse sie die letzten Strahlen einer versinkenden Sonne.

»Oma«, sagt er.

»Was?«

»Dann sind wir Oma und Opa.«

»Um Gottes willen.« Sie lächelt.

»Magst du dich denn noch mit einem Opa abgeben?«

»Das muss ich mir erst noch überlegen.« Sie lacht. Ein lautes, schallendes Lachen.

Er steht auf, beugt sich über sie, umarmt sie, und sie schmiegt sich an ihn. Er küsst sie auf die Wange, aufs Haar, auf den Mund. Sie öffnet die Lippen. Ihre Zungenspitzen berühren sich. Wann haben sie sich zuletzt so geküsst? Wie ein verliebtes Paar. Es muss Jahre her sein. Ihr Kuss schmeckt nach Wein. Er streicht ihr über den Rücken, über die Hüfte, er legt eine Hand auf ihre Brust. Sie trägt keinen BH. Seit der Junge im Krieg ist, haben sie nicht mehr miteinander geschlafen.

»Bitte nicht«, sagt sie und schiebt ihn ein wenig zurück, »ich …«

»… psst …«, macht er.

»… ich würde ja auch gerne, aber …«

»… psst.«

Er legt ihr einen Finger auf den Mund.

»Du bist auch bestimmt nicht böse?«

»Warum sollte ich denn?«

»Ich liebe dich«, sagt sie.

»Und ich dich erst.«

Später räumen sie die Küche auf und rufen nach dem Hund. Auf dem Weg durch den Wald halten sie sich an den Händen. Hin und wieder schaltet Arnold die Taschenlampe ein, aber sie kennen den Weg auch bei Dunkelheit, so oft, wie sie ihn gegangen sind. Probehalber nennen sie sich Oma und Opa, was sie belustigt. Sie gehen bis an den Sportplatz. Ein funzeliges Flutlicht brennt dort, ein Fußballteam übt Flanken und Kopfbälle. Den Spielern stehen Atemwolken vor den Gesichtern.

»Weißt du noch, als Chris hier gespielt hat?«, fragt er.

»Aber ja, was denkst du denn? Nach jedem Spiel haben ihm die Knie geblutet, und nie bekam ich die Asche aus den Trikots gewaschen.«

»Furchtlos geht der Mittelstürmer Chris Steins immer da hin, wo es besonders weh tut«, sagt er wie ein Sportreporter, »jetzt zieht er ab, vergeblich taucht der Torwart nach dem Ball, Tor, Tor, Tor.«

Sie lachen. Umarmen sich. Der Hund bellt. Arnold bückt sich nach einem Stück Holz, wirft es in die Dunkelheit, aber der Hund wedelt nur mit dem Schwanz und bleibt ganz nah bei ihr.

»Dann eben nicht«, sagt er, und sie haben schon wieder einen Grund zu lachen.

## 40

Seit er auf dem Berg ist, hört er ihre Sendung jeden Sonntag. Er stellt sich die Sängerin als eine Hippiefee vor, wie es sie gab, als er noch Schüler war. Vielleicht hat sie lange, mittig gescheitelte Haare und trägt wallende Kleider. Vermutlich lächelt sie, wenn sie zu ihrer Gemeinde singt.

Es geschieht ständig, dass er sich zu den Stimmen aus dem Radio Gesichter ausmalt. Der Doc aus Manchester bekommt in jeder Sendung ein anderes.

Das Transistorradio hat einen miserablen Empfang. Wenn die Fee eine Atempause macht, prasselt aus dem Lautsprecher ein Platzregen. Ihre Stimme hallt in einen leeren Raum, und er sieht die Fee verlassen von ihrer Band auf einer leeren Bühne, in einem riesigen Konzertsaal, verlassen auch vom Publikum, verlassen von der Welt.

So wie er selbst verlassen ist.

Die Fee stimmt ein neues Lied an, singt von ihrer Liebe, die davongeht, über die Berge zu den fünf Horizonten. Zu Beginn des Liedes kann die Fee die Liebe noch riechen, hören und ihren Abschiedskuss nachschmecken, rasch wird aus dem Mantel ein grauer Fleck, schließlich ein winziger Punkt, bis selbst das nicht mehr ist und die Liebe der Fee hinter den Bergen mit den fünf Horizonten verschwindet.

Als Arnold erwacht, ist es Mittag. Er hat geträumt, jemand habe dem Hund einen Nagel in den Rücken geschossen. Der Hund streckt sich im Schlaf, und Arnold fällt ein, dass es gar kein Traum ist, sondern tatsächlich passiert. Merkwürdig, er hat in den letzten Tagen kaum noch an den Einbruch und den Bolzen gedacht.

Er zieht sich an, wäscht sich, brüht sich einen Kaffee auf. Einmal öffnet der Hund die Augen, aber als Arnold die Tür aufzieht und hinausschlüpft, schläft er schon wieder.

Arnold schreitet den Zaun ab, geht dann noch ein paar Schritte bis hin zum Wald. Im letzten Frühjahr hat er den Hochsitz hergerichtet, aber das Dach ist noch immer nicht regendicht. Manchmal hockt er dort und sieht auf sein Land. Jetzt greift er nach den Sprossen der Leiter, die glitschen vom Regen. Vorsichtig steigt er hinauf. Die Sitzbank ist nass. Er raucht im Stehen. Es hat aufgeklart. Ein kühler Wind treibt hellere Wolken vor sich her wie Schäferhunde eine Herde.

Die Gestalt tritt aus dem Wald auf die Lichtung und könnte eine Wandererin sein, unschlüssig über den richtigen Weg. Doch so ist es nicht. Sie geht sehr langsam, geht bis ans Gatter, hat einen Rucksack geschultert, trägt einen dunklen Anorak und wieder die blaue Mütze. Ihre Haare schimmern rot darunter hervor. In der Hütte schlägt der Hund an. Sie rüttelt am

Gatter, er hat es mit einer Kette befestigt, es lässt sich nicht öffnen. Sie faltet die Hände zu einem Trichter und ruft nach ihm.

»Arnold, sind Sie da?«

Wie nasser Staub geht der Regen nieder. Er duckt sich hinter den Sehschlitz, zerdrückt die Kippe am Holz. Die Frau rüttelt am Gatter.

»Arnold? Wo sind Sie?«

In der Hütte bellt der Hund noch lauter. Die Frau klettert über den Zaun, tritt auf die Veranda, klopft an die Tür. Der Hund dahinter winselt jetzt, er kläfft und kratzt am Holz. Sie späht durchs Fenster, klopft ans Glas. Der Hund bellt ohne Unterlass.

Sie legt den Kopf an den Türrahmen und sagt etwas zu dem Hund, doch Arnold ist zu weit entfernt, ihre Worte zu verstehen. Zuletzt geht sie in die Knie, zieht etwas aus dem Rucksack, legt es vor die Tür. Etwas Eckiges, in buntes Papier gewickelt.

Die Frau setzt sich auf die Holzbank der Veranda, nimmt die Brille ab, wischt mit einem Tuch über die Gläser. Ihre Haut ist weiß wie Schnee. Und er erinnert sich auch an ihren Namen.

*Anne.*

Einige Minuten sitzt sie so und sieht ins Tal, dann macht sie sich auf, steigt über den Zaun, geht vorsichtig den Hang hinab, dreht sich hin und wieder nach der Hütte um. Der Regen wird dichter jetzt. Über den Fichten wabern Nebelfetzen. Der Wald steht schwarz und nass und schluckt die Frau mit der blauen Mütze und den roten Haaren in der nächsten Sekunde.

# 41

»Gute Nacht Opa«, ruft Karen von der Treppe.

»Gute Nacht Oma«, erwidert er.

Ein kurzes Gelächter kommt zwischen ihnen auf. Sie haben Gefallen gefunden am Oma-Opa-Spiel. Hinter ihr fällt die Schlafzimmertür ins Schloss. Auf dem Monitor verblinkt ein Doppelpunkt die Sekunden. Wie oft muss er wohl blinken, bis ein Monat und zweiundzwanzig Tage vergangen sind? Wenn er doch nur einen Schlaf finden könnte, der so lange dauert. Er klickt durch die Weltnachrichten. Nichts Neues aus dem Krieg. Auch keine Botschaft von Chris. Nur Mails von den Elternvertretern und von Schülern, die nach den Klausuren fragen. Einige Minuten nur, dann hat er sie alle beantwortet. Jetzt ist es still. Der Hund streckt sich unterm Schreibtisch, sein Fell ist feucht und riecht nach Wald.

Eine halbe Stunde nach Mitternacht ist es jetzt. Er holt sich ein Bier und stellt sich ans Fenster. Draußen lauert die Dunkelheit. Er ist wahrscheinlich der einzige Mensch in der Siedlung, der um diese Stunde noch wach ist. Was für ein schöner Flecken Erde, hatte Karen gesagt, als sie herzogen. Lange her. Der Junge kroch da noch auf allen vieren. Arnold hielt ihre Begeisterung damals schon für übertrieben, und so ist es noch immer.

Für ihn ist die Siedlung der Ort, an dem er zufällig sein Leben verbringt. Eine banale, alltägliche Ansiedlung gleichförmiger Häuser, wie es sie zu Tausenden gibt. Am Rande einer Kleinstadt, am Rande der Einflugschneise des Flughafens, am Rande des Taunus.

Am Rande der Welt, hat er oft gelästert und ihr vorgeschlagen, es wie Chris zu machen und in die Stadt zu ziehen, zu den Theatern, Kinos, Bars und Restaurants. Aber sie hat immer nur den Kopf geschüttelt, sie will nicht weg von ihrem schönen Flecken Erde.

»Du würdest am liebsten in eine WG mit ein paar hübschen Studentinnen ziehen, nicht wahr?«, hat sie gesagt, als sie zuletzt darüber redeten.

»Das vielleicht nicht gerade«, war seine Antwort.

»Aber dann doch wenigstens ins Univiertel?«

»Warum nicht? Es gibt dort wunderbare Altbauwohnungen.«

»Du bist eben immer noch ein Hippie.«

»Es ist nicht das Schlechteste, ein Hippie zu sein.«

»Aber du bist ein *alter* Hippie.«

Und dann hatte sie gelacht.

Ein Auto fährt die Straße entlang, der Hund stellt die Ohren auf.

Als Chris ihnen sagte, dass er in den Krieg ziehen wolle, hatte Arnold die Daten der Siedlung und des Camps in den Computer eingegeben. In Sekundenschnelle lief eine rote Linie über die Karte. Die Siedlung liegt fünftausendeinhundertsechzehn Kilometer Luftlinie hinter der Front und ist es nicht wert, dass Chris dort in der Wüste einen Krieg um sie führt. Oder dass dieser Röttger auf eine Mine getreten und jetzt tot ist. Verdammt noch mal.

*Was für ein schöner Flecken Erde.*

Dann komm doch her, verfluchter Krieg, und hol dir deinen schönen Flecken Erde. Hol ihn dir und friss ihn auf. Oder schick ihm eine Sintflut, Gott. Falls es dich gibt da oben. Schwemm die Siedlung von der Landkarte. Lass einen Schneesturm über sie fegen, lass ein Flugzeug auf sie fallen, Gott, oder gleich einen ganzen Planeten. Lass nur irgendetwas geschehen, was die verfluchten Mülltonnen umstößt, die polierten Autos zertrümmert, die Dächer abdeckt, die Jägerzäune zu Kleinholz zermalmt.

Der Puls pocht ihm jetzt in den Ohren. Noch lauter sogar als das Sirren und Rauschen und Pfeifen.

Am Nebenhaus springt ein Bewegungsmelder an und taucht den Garten in grauweißes Licht. Die Nachbarn müssten den Rasen schneiden und auch das Laub fegen. Ungepflegte Gärten stören den Anblick der Siedlung. Aber sonst keine Auffälligkeiten, keine Abweichungen von der Norm. Die Mülltonnen in Reih und Glied, nach Farben sortiert. Die Autos unter den Carports. Alles perfekt. Alles wie immer. All das, was an Bösem geschieht auf der Welt, geschieht an anderen Orten und nicht an einem wie diesem.

Er fühlt sich erschöpft und sinkt in den Sessel. Warum kann er nicht einfach schlafen oder wenigstens nicht mehr daran denken, bis der Junge zurück ist?

Nach und nach weicht das Pochen aus seinem Ohr. Der Hund zuckt hoch und wedelt mit dem Schwanz. Er kontrolliert noch einmal den Posteingang, aber da sind keine neuen Mails. Auf dem Regal steht ein kleiner Fernseher. Den schaltet er ein. Hier schaut er manchmal Fußball, wenn Karen im Wohnzimmer etwas anderes sehen möchte als er.

Er schaltet durch die Programme: Gelächter an einem roten Teppich, Gerede auf Ledersofas, eine Sängerin am Pool, ein Mann mit Colt in der Tiefgarage. Und eine Reportage über den Krieg. Er schaltet weiter. Nein, er will nicht krank werden an den Bildern aus dem Krieg. Sie machen ihm Angst. Er schaltet in ein Fußballspiel, die Wiederholung vom Wochenende. Nein, schalte zurück. Sei nicht feige. Das hat der Junge nicht verdient. Einen Vater zu haben, der sich nicht traut, den Krieg zu sehen.

Eine Wüste. Über dem Sand flimmert Hitze. Rockmusik. Aus einer Staubwolke marschieren Soldaten auf. Maschinengewehre im Anschlag. Die Männer haben geschwärzte Gesichter. Und über dem Ganzen saugt ein Hubschrauber den Staub vom Boden.

»Zwischen Gott und den Soldaten ist jetzt nur noch der Black-Hawk-Helikopter der US Air Force«, sagt der Reporter. Schnitt. Soldaten im Spähpanzer. Man fürchtet Scharfschützen. Am Panzer ist eine Kamera befestigt. Damit sehen die Soldaten auf die Dorfstraße. Auf dem Monitor sehen sie spielende Kinder. Sie lachen und schleudern etwas in den Staub. Die Soldaten wissen nicht, ob es ein Stofflappen ist oder ein toter Hund.

Plötzlich reckt Arnolds Hund den Hals und jault.

Er erschrickt.

»Leg dich hin.«

Der Hund duckt sich, leckt sich die Lefzen. Arnold tätschelt ihm den Kopf, und der Hund streckt sich aus und gähnt.

Die Kamera fährt weiter an Sandsäcken, Panzersperren, Stacheldraht und Wachtürmen entlang. Dazu spielt ein Cello.

»Der Stützpunkt der Army ist das einzige Stück Freiheit inmitten einer barbarischen Welt«, sagt der Reporter. Ein Soldat läuft mit grinsendem Kindergesicht ins Bild. Er hat die Sonnenbrille im Haar und fletscht beim Kaugummikauen die Zähne.

»Das Camp ist der hässlichste Ort der Welt«, sagt Ron aus Rexburg, Idaho.

»Ronnie, woran denkst du, wenn du hier in die Wüste schaust?«, fragt der Reporter.

»Ich denke daran, dass diese Hölle vielleicht das Letzte ist, was ich je in meinem Leben zu sehen bekomme.« Ronnie lacht.

Das Lachen soll heißen, dass er seinen eigenen Worten nicht glaubt. Als könne er sich gar nichts anderes vorstellen, als bald schon mit seinem Mädchen im Arm in seinem Wagen in Rexburg, Idaho, herumzufahren und sich nicht einmal mehr an den Namen des hässlichsten Ortes der Welt zu erinnern.

Schnitt. Eine mattschwarze Nacht. Ein Schuss aus dem schwarzen Nichts. Alarm. Noch weitere Schüsse, als grüne Punkte im Dunkel zu sehen. Die Soldaten haben die Stiefel am Bett, sie greifen nach Waffen und klettern auf Wagen. Adrenalin drückt ein Grinsen in ihre Gesichter. Es kann doch nicht sein, dass wir diesen Scheiß hier als Job machen, ist um ihre Augen zu lesen.

Der Hund hebt den Kopf, wälzt sich auf die andere Seite, streckt die Pfoten weit von sich.

Schnitt. Ein Sarg auf der Ladefläche des Army-Lasters. Gehüllt in die Flagge. Die Transportmaschine wartet mit offenem Maul. Die Stimme des Kommandeurs dröhnt scheppernd dazu.

»Wir kämpfen für die Freiheit eines freien Amerikas, und unseren verdammten Job hier bringen wir als Helden zu Ende.«

Die Kamera schwenkt die Gesichter der Soldaten ab. Sie zermahlen Kaugummis. Ihre Sonnenbrillen spiegeln die untergehende Sonne. Aus den Lautsprechern quäkt *Star Spangled Banner*.

Von all den Lügen rast Arnold der Puls. Er schwitzt und seufzt. Der Hund springt auf und schüttelt sich. Wirft den Papierkorb um, stößt gegen die Stehlampe. Dreht sich einmal um die eigene Achse, als müsse er einen Feind abschütteln.

»Hey, ruhig Blut, Junge«, sagt er und packt den Hund beim Halsband. »Sitz, verdammt noch mal, sitz.«

Aber der Hund will nicht sitzen. Stellt sich auf, senkt den

Kopf, bleibt so. So angespannt. Starrt auf den Teppich. Sieht Gespenster. Arnold schaltet den Fernseher ab. Das Sirren im Ohr bleibt allein zurück. Er lässt das Rollo herunter, und als er wieder nach dem Hund sieht, ist der verschwunden.

## 42

Auf der Anhöhe wuchern Brombeerbüsche. Kniehoher Farn wiegt sanft im schwachen Wind. Der Hund kommt von Tag zu Tag besser voran. Die Wunde ist verheilt, wo der Bolzen ins Fleisch drang, ist nur noch ein Stück nackte Haut. Fell wächst da nicht mehr.

Manchmal vergisst der Hund seine Verwundung und jagt los, wenn im Unterholz eine Maus kriecht oder ein Frosch aus dem Gras hüpft. Das Bein bekommt er noch immer nicht gerade.

Über die letzten sonnigen Herbsttage steigen an den Wochenenden Hunderte von Wanderern auf den Berg. Bunte Anorakflecken in der Landschaft. Ein Mountainbiker quält sich den Hang herauf. Alle paar Meter spuckt er aus.

Oberhalb des Wasserfalls riecht es nach geschlagenem Holz und Fichtennadeln. Eine Gruppe Kletterer kommt vom Berg herunter. Vermutlich waren sie dort, wo der Fels sich vorwölbt wie die Nase eines Flugzeugs und gespickt ist mit Kletterhaken und Drahtseilen.

Arnold und der Hund machen sich an den Abstieg. Ein mürrischer Wind fährt auf und schiebt Wolken nach Westen. Nicht lange, dann sinkt die Sonne hinter die Fichten. Es riecht nach Schnee. Sie kommen vom Zelt im Wald, von dem, was noch übrig ist. Im Umkreis von fünfzehn, zwanzig Schritten war da nichts mehr als Asche und totes Geäst. Weiter sind die Flammen nicht gekommen, vermutlich hatte der Regen das Feuer gelöscht, bevor es über den Hügel kam. Die Matratze, die Decken, die Zeltplane, die Koffer fand Arnold verbrannt. Den Kanister zum grauen Klumpen geschmolzen, die Konserven ganz schwarz vom Ruß. Im Gras fand er noch einen verdammten Bolzen. In der Asche die Abdrücke von Schuhen, als hätte jemand den rußigen Dreck durchsucht.

Arnold und der Hund sind jetzt am Steg. Der Bach darunter ist geschwollen vom Regen. Der Hund nimmt Witterung auf und humpelt davon.

»Bleib hier«, ruft er.

Unbeirrt und wie taub trottet das Tier ins Unterholz. Rasch verliert er es aus den Augen. Die Fichten werfen lange Schatten auf die Lichtung. Der Hund schlägt an. Arnold stapft durch das nasse Laub, über Zweige und Brennnesseln, biegt Sträucher und Äste beiseite.

»Sei ruhig«, sagt er, und der Hund ist still.

Der Bolzen steckt tief im Hals des Rehs. Fein sickert das Blut aus der Wunde. Schaum vor dem Maul. Hin und wieder geht ein Zucken durch das Tier. Die Augen stehen vor Todesangst weit offen. Allzu lange kann das Reh noch nicht so liegen, es wäre sonst längst verblutet. Und wieder bellt der Hund.

»Sei doch still, verdammt.«

An der Stelle, wo Arnold das Herz vermutet, sticht er dem Reh das Messer ins Fell. Leicht dringt die Klinge ein bis zum Schaft. Nur schwach bäumt das Tier sich auf, liegt dann still und tot im Laub. Er zieht ihm das Messer aus der Brust und den Bolzen aus dem Hals, geht an den Bach, wäscht das Blut ab, zerrt den Hund dorthin, wo die Bäume so dicht sind, dass sie Deckung geben.

Gut möglich, dass der andere noch irgendwo ist. Auf der Lauer liegt, den Bolzenschießer im Anschlag. Verdammt noch mal, dass ihm das jetzt erst kommt. Er ist nicht geübt als Krieger. Er greift nach dem Hund, hält ihn fest, bleibt hinter den Bäumen und rührt sich nicht. Lässt Zeit vergehen. Im Wald ist nichts weiter, alles bleibt ruhig. Er merkt sich den Ort für die Karte.

Angst? Nein. Merkwürdigerweise nicht. Vielleicht hat er nie wieder Angst im Leben. Vielleicht überwindet der Mensch alle Angst, wenn er erst seine Träume begraben hat.

Manchmal rutschen Wassertropfen von den Ästen und zerplatzen auf Arnolds Kopf und dem Fell des Hundes. Jedes Mal zuckt das Tier zusammen. Er lächelt über seinen schreckhaften Begleiter, geht auf die Knie. Späht in den Wald. Der Hund macht es nach, duckt die Schnauze ins Laub. Bis auf die bunten Anoraks da unten im Tal ist da nichts, was sich regt.

So langsam hat er Gefallen am Spiel. Das liegt am Adrenalin, es pumpt ihn auf, es macht ihn leicht. Als könnte er schweben, wie ein Mann auf dem Mond. Es macht das Spiel zum Krieg und den Krieg zum Spiel, so hat der Reporter geschrieben.

Ein Spiel. Ein gottverdammtes Spiel. Arnold zündet sich eine an. Raucht. Nein. Schon wieder ein Fehler. Sie schießen doch immer direkt auf die Glut. Er wäre nicht der erste tote Soldat, nur weil er im Schützengraben raucht. *Wenn die Scharfschützen Glut sehen, bist du tot mit dem ersten Zug,* hat der Junge gemailt.

Arnold duckt sich zum Hund, löscht die Glut und verharrt. Hält das Tier zurück, bis es dämmert. Erst dann lässt er los.

Sofort kriecht der Hund aus der Deckung hervor, läuft bellend den Hang hinauf und bleibt stehen. Zertretene Äste, gebrochene Zweige, dazwischen am Boden ein weiterer Bolzen.

Als Arnold sich umdreht zum toten Reh, ist die schnurgerade Schussbahn perfekt zu sehen.

»Guter Hund«, sagt er.

Der humpelt jetzt quer durch den Wald bis zur Lichtung. Ein trüber Mond hängt über den Bäumen. Arnold hat Mühe, dem Tier zu folgen. Am Ende der Lichtung die Jausenstation. Der Hund läuft mit der Schnauze am Boden voran.

»Bleib stehen«, ruft Arnold. Er spürt seinen Puls, hat Seitenstiche. Spuckt aus. Adrenalin. Es macht sein Herz jetzt so laut, dass er glaubt, man könnte es schlagen hören.

Der Hund steht vor der Hütte und bellt.

»Komm her«, ruft er, doch diesmal meint er es anders, tut beiläufig. Als interessiere er sich nur für den Hund. Und nicht für das Haus. Kein Licht schimmert durch die Ritzen. Nichts deutet darauf hin, jemand könnte hinter dem Fensterladen lauern und den Spaziergänger beobachten, der da mit seinem Hund herumirrt. Er geht noch ein wenig an die Hütte heran, bückt sich und hebt einen Stock vom Boden. Das Gras ist heruntergetreten am Eingang. Dem Türschloss fehlt eine Schraube. Holzspäne am Boden unter der Tür. Der Hund bellt laut.

»Lauf«, ruft Arnold und schleudert den Stock. Der Hund aber bellt einfach weiter zur Tür.

Er wendet der Hütte den Rücken zu, geht davon. Er geht gerade, drückt den Rücken durch. Ein perfektes Ziel. Dann schieß doch. Als er zwanzig Schritte voraus ist, pfeift er nach dem Hund. Der kommt herbeigelaufen, wenn auch widerwillig. Arnold geht weiter wie ein Wanderer mit Hund. Ohne Hast, ohne Angst. Sieht nicht mehr zurück, sie kommen in den Wald, der jetzt genauso schwarz ist wie der Himmel.

# 43

Das Klublokal ist winterfest gemacht. Die Stühle stehen auf den Tischen, die Kühlschränke sind abgetaut, das Lager ist geräumt. Auf fast allen Spielfeldern sind die Netze abgebaut. Außer Karen und Arnold ist niemand auf der Anlage. Es war ihre Idee, endlich die Partie zu spielen, die sie ihm so lange schon versprochen hatte. Er hatte gar nicht mehr daran gedacht.

Für Spätherbst ist es ein ungewöhnlich warmer Tag. Das Laub so trocken, dass es sich einrollt und unter den Schuhen knistert. Eigentlich will Karen gar nicht Tennis spielen. Arnold weiß das. Ausgelassen belacht sie jeden Ball, den sie ins Netz oder über die Linie schlägt. So sehr er sich auch müht, es will einfach kein Spiel aufkommen. Als er Aufschlag hat, verzieht er das Gesicht, während der Ball noch fliegt, stöhnt, fasst sich an den Oberschenkel.

»Was ist denn?«, ruft Karen von der anderen Seite.

»Wahrscheinlich eine Zerrung. Tut höllisch weh.«

Sie läuft ans Netz, lächelt, lässt den Ball auftippen.

»Dann hören wir lieber auf, oder?«

»Es ist vielleicht das Beste.«

»Du wirst eben alt, Opa.«

Karen lacht. Sie ziehen den Platz ab, wobei Arnold ein wenig humpelt, es dann aber vergisst. Ihr fällt es ohnehin nicht auf. Im Wagen sieht er ihr die Erleichterung an, dass das Spiel ein Ende hat. Sie schaltet das Radio ein. Wegen des schönen Wetters wiederholen sie die Sommerhits. Karen summt mit.

Sie fahren zu der Mühle am Ausgang des Ortes. Die Terrasse ist bereits geschlossen. Im Restaurant sind nur wenige Tische besetzt. Trotzdem will die Zeit nicht vergehen, bis der

Kellner das Essen bringt. So lange suchen sie beide nach Worten. Schließlich redet Karen von ersten Urlauben mit dem Jungen, unterwegs mit dem Ford Transit, an der Nordsee, in Italien, in den Bergen. Sie erzählt die Geschichten, dass Arnold sie kaum wiedererkennt, obwohl er doch dabei war. Aber so geht es vermutlich mit allen Erinnerungen. Je weiter sie zurückliegen, desto weniger halten sie der Wahrheit stand.

Arnold ist erleichtert, als der Kellner das Essen bringt und sie sich über ihre Teller beugen können.

Sosehr der Tag an den Sommer erinnerte, die Nacht ist winterkalt. Karen ist ins Bett gegangen. Arnold zieht die Haustür zu, schlägt den Kragen hoch, setzt eine Mütze auf. Der Hund schlüpft unterm Gartenzaun durch. Nur manchmal sieht Arnold ihn auf Entfernung. Er geht an der Todesbahn entlang, nimmt den Weg in den Wald, dann weiter bis zum See. Noch einundvierzig Tage.

Irgendwo da vorne in der Dunkelheit muss der Hund sein. Das Laub raschelt unter Arnolds Füßen. Der See spiegelt den Mond. Ein Brett schwimmt dort. Über allem dunkle Stille. Eine Krähe legt sich auf den Wind und lässt sich treiben. Aus dem Wald gurgelt der Bach. Arnold steckt die Finger in die Ohren. Die Geräusche des Waldes verschwinden. Das verfluchte Pfeifen aber wird nur noch lauter.

*Hi Dad. Wir hatten sieben Stunden Beschuss. Man schießt ins Dunkle, und aus dem Dunkeln wird zurückgeschossen. Megathrill. Gegen das hier ist jeder Actionfilm bloß Scheiße. Manchen Jungs geht so die Düse, dass sie Stimmchen kriegen wie Engel. Aber das ist nun mal unser verdammter Job hier. Wir halten zusammen. Hier lacht keiner, wenn sich mal einer vor Angst in die Hose scheißt.*

Arnold kennt die Mail des Jungen auswendig, so oft hat er sie gelesen. Er sucht nach einem Stock, nimmt Anlauf, schleudert ihn in den See. Der Hund zögert, springt dann aber doch ins Wasser, packt den Stock mit den Zähnen. Am Ufer soll Arnold ihm das Holz aus dem Maul hebeln. So geht ihr Spiel. Er tut es, und der Hund schüttelt sich, dass es nur so spritzt.

*Das Schlimmste sind die Träume, Dad. Letzte Nacht dachte einer, er krepiert. Der Sani hat ihm eine geknallt und gesagt, du krepierst nicht, du träumst nur. Schöne Sachen träume ich nur, wenn ich wach bin. Ich habe uns gesehen, wie wir ein Bier trinken und im Fernsehen läuft Fußball. Machen wir, wenn ich zurück bin, okay? Ich habe auch geträumt, Sandra und ich heiraten. Sie ist die geilste und schönste Braut auf der Welt.*

Arnold wirft den Stock auf die Lichtung. Als aus weiter Ferne ein Mädchenlachen durch den Wald fliegt, vergisst der Hund den Stock, hält inne, spitzt die Ohren. Das Mädchen lacht noch einmal und schreit dann. Der Hund will los. Aber Arnold hat ihn längst am Halsband gepackt.

*Okay, jetzt kommt der unangenehme Teil, Dad. Ich habe einen von den Männern mit den Bärten abgeknallt. Es ist schon ein paar Tage her. Ich habe nachgedacht, ob ich dir das sagen soll. Kann sein, dass ich sogar schon mehrere gekillt habe von denen. Das weiß man nicht in der Scheißdunkelheit hier. Aber den einen habe ich gesehen. Er hat eine Panzerfaust auf unseren Dingo abgefeuert. Er wollte nachsehen, ob er auch richtig getroffen hat. Ob meine Kumpels in dem Dingo verrecken. Er ist aus der Deckung raus, und ich hab ihm eine zwischen die Ohren verpasst. Die Jungs in dem Wagen kamen da zum Glück lebend wieder raus. Die haben sich nur die Ärsche verbrannt.*

Der Sportplatz liegt im Dunkeln. Im Vereinsheim ist Licht.

Ein paar Jungs lehnen am Tresen. Auf dem Bildschirm flimmert Fußball.

»Komm«, sagt Arnold, und der Hund trottet hinter ihm her.

Als ein Kaninchen aus den Büschen hüpft, jagt der Hund los. Sie rennen über die Tartanbahn am Sportplatz, das Kaninchen und der Hund, und es sieht aus, als liefen sie um die Wette. Bei der Weitsprunggrube hat das Kaninchen den Hund im Nacken, ist ihm nur noch eine Kaninchenlänge voraus, im letzten Augenblick dann der Haken, und es verschwindet wieder im Gebüsch. Der Hund bremst ab, verliert den Halt in der Sandgrube, rappelt sich hoch, bellt wütend gegen den Mond und kommt dann mit eingezogenem Schwanz die Laufbahn herauf. Er lässt sich von Arnold an die Leine nehmen, als hätte er es nicht anders verdient.

*Dad, ich habe gelesen, neunzig Prozent der Leute hätten keine Ahnung, warum wir hier sind. Deswegen ist ihnen auch scheißegal, wenn einer von uns draufgeht. Ich kann es kaum erwarten, euch endlich wiederzusehen. Scheiße, Alarm. Noch 42 T., sag Mom all supi. C.*

Auf den letzten fünfzig Metern vor dem Haus lässt Arnold den Hund von der Leine. In Karens Zimmer ist noch Licht. Anscheinend kann sie trotz des Cognacs nicht schlafen.

Der Hund löst den Bewegungsmelder am Nachbarhaus aus. Der Scheinwerfer flutet den Garten. Noch immer kein Rasen geschnitten, der Wind kämmt das Gras zurück. Letzte Blätter taumeln von den Bäumen. Der Hund jault gegen den Mond oder Karens Fenster. Um den Mond ist der Himmel ein schwarzes Blau ohne Sterne. Das Licht in ihrem Zimmer erlischt. Noch einundvierzig Tage. An Weihnachten ist der Junge zurück.

# 44

Arnold weicht den Wanderern, den Kletterern und den Mountainbikern aus, läuft den Hang hinauf. Dahinter beginnt der Wald. Den Bach säumt ein Pfad, hin und wieder wechselt er über nassglitschige Stege die Seiten.

Seit er in der Hütte des Bildhauers lebt, war ihm oft, als schlüge er bloß Zeit tot. Als sei das jetzt der Plan für sein Leben, von Tag zu Tag zu kommen, möglichst ohne einen zielgerichteten Gedanken.

Jetzt ist es anders. Jetzt ist er im Krieg. An nichts sonst kann er denken. Er ist ein Kundschafter im Anstieg zur Front, das Fernglas im Rucksack. Das Gewehr hat er in der Hütte gelassen, aber unter seiner Jacke versteckt er das finnische Messer. Er hat sich aufgemacht, weil über Nacht die Zweifel kamen. Ob tatsächlich in die Jausenstation eingebrochen wurde. Ob es wirklich Späne von einem Hebel oder Brecheisen waren, da unter der Tür, oder vielleicht doch nur das Holzmehl von einem Nagekäfer.

So tief hängen die Wolken an diesem Tag. Sie hüllen die Spitze des Berges in waberndes Grau. Aus dem Wald ein Krächzen, ein klagender Singsang. Zuerst glaubt Arnold, er hört einen Vogel. Doch als das Geräusch sich wiederholt, ist es die Stimme eines Mannes.

»Tom. Tooom.«

Sie dehnt das O in die Länge. Es ist mehr ein Schreien als Rufen. Ein fassungsloses Schreien. Als wollte der Rufende nicht akzeptieren, dass Tom sich nicht meldet.

»Tooom.«

Zwischen den Bäumen sieht er ein Türkisblau. Ein Mann im Anorak. Der kahle Kopf fliegt hin und her. Er läuft mit staksigen Schritten auf dem glatten Grund, gerät ins Rutschen, schlägt hin, heult auf, kommt hoch, läuft weiter und sieht Arnold.

»Haben Sie … einen Jungen … gesehen? Er ist erst … zehn … noch ein Kind.«

Der Mann hat kaum Atem, Angst verschlägt ihm die Stimme, Schweiß perlt von seiner Stirn.

»Was ist denn passiert?«

»Der Junge … mit seinem Schnitzmesser … meine Frau und ich … bis zum Abzweig … plötzlich war er verschwunden.«

»Er kann nicht weit sein. Es gibt hier nur zwei Wege.«

Arnold weiß auch nicht, warum es die beiden parallelen Pfade gibt, aber es gibt sie nun mal. Erst am Eingang des Dorfes verschmelzen sie zu einem breiteren Weg.

»Sie gehen hinunter, wo Sie heraufgekommen sind. Ich nehme die andere Seite«, sagt er.

»Ja«, sagt der Mann, »ja.« Er nickt und lächelt, scheinbar erleichtert, dass jemand ihm sagt, was zu tun ist.

Arnold läuft los. Normal ist, dass er geht und wandert, aber nicht, dass er läuft. Schon nach ein-, zweihundert Metern klopft ihm das Herz. Der Hund humpelt, schnauft und hechelt. Zwei Alte kommen den Weg herauf, mit Regenjacken um die Hüften.

»Haben Sie einen Jungen gesehen?«

»Einen Jungen?«

»Ja, einen kleinen Jungen von zehn Jahren.«

»Wie sieht er denn aus?«

Wie der Junge aussieht? Er stellt ihn sich blond vor. Ein aufgeweckter blonder Junge, der, versunken in seine Schnitzerei, vergisst, mit den Eltern Schritt zu halten. Ein Junge, der sich auf Wanderungen geduldig anhört, was sein Vater über die Unterschiede von Ahorn, Buche, Esche und Eiche erzählt. Dem sein Vater Tierrätsel und Rechenaufgaben stellt, die der Junge nicht beantworten will. Weshalb ihm die Mutter lachend die Lösungen zuflüstert. Ein Junge, der nichts fürchtet und mit dem Fahrrad die steilsten Hänge herunterjagt. Der seinen Hund mit einer Kinderschaufel beerdigt. Dem jetzt aber unheimlich wird so allein.

Er kommt an die höhergelegenen Höfe und hat ihn noch immer nicht eingeholt. Er lehnt sich an einen Stapel aus geschlagenen Stämmen. Ringt um Luft. Der Hund liegt daneben im Gras und hechelt.

»Komm weiter«, sagt er. »Komm schon.«

Sie erreichen die Straße. Dicht an dicht fahren die Autos der Ausflügler, die Trecker und Lieferwagen und Motorräder. Aber kein verlorener Junge. Also weiter. Auch wenn ihm das Herz jetzt wütet in der Brust. An der Kapelle entlang, vorbei an dem verlassenen Gasthof, dem Supermarkt. Wo zwei Männer gehen. Mit einem Jungen. Sie tragen Rucksäcke. Der Junge einen Wanderstock.

»Tom«, ruft Arnold, »Tom, bist du das?«

Die beiden Männer drehen sich um und mit ihnen auch der Junge. Seine Haare sind schwarz. Die Wanderer haben den Jungen im Wald gefunden und wollten mit ihm zur Polizei.

»Tom. Tom.«

»Papa«, ruft der Junge. »Papa.«

Toms Vater rennt den Fußweg neben der Straße entlang, wird langsamer jetzt, zieht die Beine über den Schotter, als verließe ihn hier auf den letzten Metern noch die Kraft. Der Junge läuft dem Vater entgegen und stürzt in seine Arme. Die Wanderer lachen. Vater und Sohn sind ganz ineinander versunken.

Arnold sollte bleiben. Sicher will sich der Mann in Türkis noch bei ihm bedanken. Vielleicht will er ihn und die beiden Wanderer auf einen Kaffee einladen, auf ein Bier, auf ein Mittagessen.

Was genau ihn weitergehen lässt, weiß er selbst nicht. Er tut es einfach, geht davon, ein paar schnelle Schritte nur, und schon ist er im Wald. Ist rasch nicht mehr von der Straße zu sehen. Das Rauschen der Autos wird leiser, das Raunen des Windes nimmt zu.

Ein zweites Mal an diesem Tag treibt Arnold den Hund zum Bach hinauf. Das Hinken des Hundes ist böser geworden, von Meter zu Meter langsamer. Auf halber Höhe hechelt das Tier, legt sich ins Gras, streckt sich aus, als wollte es sterben. Auch er ringt um Luft. Hockt sich auf einen Baumstamm hin und wartet, bis er wieder bei Kräften ist. Zur Jausenstation werden sie es heute nicht mehr schaffen. Vielleicht morgen.

Irgendwann beginnt er zu frieren, steht auf, reibt sich warm. Der Hund liegt auf der Seite im Gras, hat die Augen geschlossen und zittert. Er hebt ihn an und trägt ihn den halben Kilometer zum Gasthof hin. Auf der Terrasse sitzen Ausflügler vor ihren dampfenden Getränken, die Wolldecken um Beine und Hüften geschlungen. Er bestellt sich ein Bier und Wasser für den Hund.

Noch immer liegen die Wolken schwer auf dem Berg. Vielleicht tragen sie Schnee für die Nacht. Über dem Kirchplatz im Tal schwebt ein Drachen aus Papier. Manchmal weht Blasmusik heran. Die Seilbahn kraucht dem Gipfel entgegen. Über der Bergkette ein Flugzeug wie ein Insekt mit silbernen Flügeln, das nicht voranzukommen scheint, als säße es fest auf dem Berg aus Wolken.

# 45

Einem Tag ist meist im Morgengrauen schon anzusehen, ob er unwirtlich kalt und nass oder sommerlich warm sein wird. Das Unglück aber sieht man nicht voraus.

Eine trübgraue Wolkendecke mit schwarzen Regenschlieren hängt über der Siedlung. Windböen rütteln an den Bäumen. Raureif bedeckt den Rasen. Es war gut, die Winterreifen aufziehen zu lassen. Es könnte Schnee geben. Wenn Arnold gleich nach dem Frühstück mit dem Hund geht, wird er zum ersten Mal den dicken Winteranorak aus dem Schrank holen.

Karen bleibt so lange im Bett, bis er fertig ist im Bad. Sie wartet, bis er den Rasierer ausschaltet. Eine jahrelang geübte Choreografie. In der Küche zieht er das Rollo hoch, sieht eine Weile hinaus. Auch so eine Angewohnheit. Gleich wird er sich dranmachen, das Radio und die Kaffeemaschine einschalten, den Tisch decken, Frischkäse, Butter und Marmelade aus dem Kühlschrank nehmen, die Zeitung aus dem Briefkasten ziehen. Aus dem Bad kommt jetzt das Prasseln der Dusche.

Ein Auto da draußen. Ganz langsam rollt es am Haus vorbei. Ein zweites Auto fährt vor. Die beiden Wagen parken vor dem Haus des Architekten. Gewöhnliche, unauffällige Autos. So unauffällig, dass sie Arnold auffallen.

Die Fahrer steigen aus. Die Männer geben einander die Hand. Wechseln ein paar Worte. Der Architekt hat den Schlaganfall überlebt, ist jetzt in einer Rehabilitationsklinik. Seine Frau hat es Karen erzählt. Vielleicht ist etwas passiert, und sie sind gekommen, es mitzuteilen. Nein. Sie wenden sich ab von seinem Haus. Sie reden nicht mehr miteinander, als sie den Weg hinaufgehen. Näherkommen. Sie gehen zügig, aber nicht hastig. Von Laterne zu Laterne. Männer mittleren Alters.

Der größere in grauer Uniform. Der andere im grauen Mantel. Arnold hört den Lärm in seinem Kopf und das Pumpen seines Herzens.

Geht weiter. Nein, nicht näher kommen. Geht weiter zu einem anderen Haus, zu anderen Eltern. Geht doch weiter.

Sie bleiben stehen, schauen sich um nach der Hausnummer. Der Größere sieht auf das Display eines Handys. Sie nicken sich zu. Schieben das Gartentor auf.

Nein. Nicht. Geht weg. Geht weiter.

Er hetzt durch die Diele. Karen hat die Dusche abgeschaltet. Die elektrische Zahnbürste surrt. Die Haustür hat ein schmales vergittertes Fenster. Dunkelgrünes, blickdichtes Glas. Dahinter zwei Schatten. Nicht schellen, nicht.

Er will nicht, aber er zieht die Tür auf. Dass sie bloß nicht schellen. Dass Karen sich nicht erschreckt. Der Uniformierte hat die Hand an der Klingel, zieht sie zurück, als hätte er sich am Knopf verbrannt. Der Hund drängt zwischen die Männer und bellt.

»Ruhig«, sagt Arnold, »sei ruhig.«

»Guten Morgen«, sagt der Uniformierte. »Sind Sie Herr Arnold Steins?«

Nein, bin ich nicht, will er sagen. Es muss sich um eine Verwechslung handeln. Ja genau, eine Verwechslung. Sie haben sich geirrt. Gehen Sie weiter, gehen Sie woanders hin, hier sind Sie falsch. Falsch.

»Dürfen wir reinkommen, Herr Steins?«

Er hat keine Worte. Alles ist trocken und taub. Er nickt und zieht die Tür auf. Das Aftershave des Uniformierten weht in den Flur. Der Hund schnuppert an den Schuhen des anderen Mannes.

Karen. Karen im Bademantel.

»Was ist denn?«

»Guten Morgen, Frau Steins«, sagt der Uniformierte, »können wir uns vielleicht setzen?«

Im Wohnzimmer. Die Luft ist abgestanden. Ein Halbdunkel. Die Wanduhr tickt die Sekunden ab. Das Weinglas mit einem Rest vom Roten auf dem Couchtisch. Vom Cover der Fernsehzeitschrift lächelt ein Schlagersänger. Eine zerknüllte Wolldecke auf dem Sofa. Eine Schale mit Erdnüssen, zur Hälfte geleert. Ein Gummiknochen, an dem der Hund nagt, wenn Karen fernsieht. All dies belanglose Zeug.

»Entschuldigen Sie«, sagt Arnold, »wir konnten nicht ahnen, dass wir Gäste bekommen.«

»Das macht doch nichts«, sagt der Mann im grauen Mantel.

Karen und Arnold auf dem Sofa. Die Männer in den Sesseln. Sie nennen ihre Namen. Ihre Berufe.

»Der Hauptgefreite Christian Steins ist letzte Nacht im Dienst fürs Vaterland bei einem Gefecht gefallen. Mein herzliches Beileid«, sagt der Oberstleutnant.

Arnold hat es geahnt. Nein, gewusst. Zwei Autos. Zwei Männer. Sie kommen immer zu zweit. Ein Soldat und ein Pfarrer. Sie kommen in verschiedenen Autos. Falls der Pfarrer mal länger bleiben muss. Weil die Angehörigen Trost brauchen. Arnold hat es im Internet gelesen. Als die Männer zu ihnen rüberliefen, hatte er noch gehofft, der Junge sei vielleicht nur verletzt. Dann kommen sie ja auch und überbringen die Nachricht. Auf einen Arm oder auf ein Bein könnte der Junge notfalls verzichten. Da gibt es Prothesen. Sie treiben sogar Sport damit, veranstalten Olympiaden für Leute ohne Arme und Beine.

*Gefallen. Tot.*

Die Männer verschwimmen vor seinen Augen. Sein Hals

ist trocken. Er legt den Arm um Karens Schulter. Sie ist ein Zittern. Als liefe in ihr ein Motor.

»Sind Sie sicher?«

»Leider ja, es tut mir leid.«

Der Militärpfarrer spricht. Spricht leise, bedächtig. Worte, die in einzelne Silben zerfallen und sich dann nicht mehr fügen wollen zu irgendeinem Sinn. Arnold betrachtet die Lippen des Pfarrers, sein sanftes Nicken mit dem Kopf. Die gefalteten Hände. Auf seiner Stirn ein zarter Schweißfilm. Er hätte den Mantel ausziehen sollen im Haus.

»Ihr Sohn hat nicht gelitten«, sagt der Oberstleutnant, »er ist für unsere Freiheit gestorben. Für uns alle.«

Die Soldatenstimme klingt dumpf. Weit entfernt. Mechanisch. Als sagte er hinter einer Scheibe aus Panzerglas einen auswendig gelernten Text. Arnold denkt über Panzerglas nach, wie dick es wohl sein muss, dass es Worte aufhält oder eine Kugel. Sein Kopf ist voll nebensächlicher Gedanken. Bis ihm das Schweigen auffällt, das sich zwischen ihnen ausgebreitet hat.

»Trug er … trug der Junge denn keine kugelsichere Weste?«

Der Oberstleutnant antwortet mit tonloser Stimme. Seine Lippen bewegen sich kaum.

*Chris. Hörst du mich? Du stirbst nicht, verdammt noch mal, du stirbst nicht Junge, hörst du?*

Karen dreht ein wenig den Kopf, lehnt sich bei Arnold an, knetet die Hände im Schoß.

»Chris wird bald heiraten«, sagt sie und lächelt. »Er ist mit einem sehr netten Mädchen verlobt. Sie heißt Sandra und ist Arzthelferin.«

»Davon haben wir gehört«, sagt der Pfarrer.

»Die beiden wollen einen ganzen Stall voller Kinder und uns zu Oma und Opa machen«, sagt Karen und lacht jetzt.

»Chris ist für uns alle gestorben«, sagt der Oberstleutnant. »Ihr Sohn war ein sehr mutiger Soldat.«

Perfekt. Er benutzt das Perfekt. Für ihn ist das Leben des Jungen bereits vorbei. *War ein sehr mutiger Junge. Starb für die Freiheit. War und starb.* Vollendete Vergangenheit. Das Leben von Chris findet nicht mehr im Präsens statt. Und jetzt? Was ist Chris jetzt? Ein gefallener Soldat ist er. Ein gefallener, toter Soldat.

»Chris kann jederzeit wieder bei uns einziehen«, sagt Karen. »Ich habe gestern noch Staub gesaugt in seinem Zimmer.«

»Es hat Ihren Sohn sicher glücklich gemacht, von seinen Eltern so sehr geliebt zu werden«, sagt der Pfarrer.

»Sie können sich das Zimmer ansehen, wenn Sie möchten. In der Garage steht sein Motorrad. Er hat die Maschine hier abgestellt, solange er weg ist. Sie haben keine Garage in Frankfurt. Wollen Sie das Motorrad vielleicht sehen?«

»Wenn Sie es möchten.«

»Ich mache mir immer Sorgen, wenn Chris mit dem Motorrad herumfährt«, sagt Karen und lächelt. »Mütter sind nun mal so.«

Der Oberstleutnant nickt. Sein Blick ist starr. Er sieht dahin, wo niemand ist. Presst die Lippen zusammen. Jetzt tut es ihm leid, jetzt wo es zu spät ist, jetzt bedauert er, Chris und die anderen Jungs in den Krieg geschickt zu haben, denkt Arnold. In das Land aus Staub, in dem nur Steine wachsen, wo es nachts zu kalt ist und tagsüber zu heiß. Steinzeit. Wo die Jungs in sinnlose Dunkelheit schießen und von Kindern und Männern mit Bärten aus sinnloser Dunkelheit beschossen werden. Man hätte Panzerglas um die Stellung bauen sollen, nicht bloß Sandsäcke.

»Sie sind sehr tapfer«, sagt der Oberstleutnant.

»Sie aber auch«, sagt Karen. »Es ist doch sicher auch furchtbar für Sie, den Eltern der Soldaten all diese schrecklichen Nachrichten zu überbringen.«

Der Oberstleutnant nickt. Dann herrscht Schweigen. Sie hören das Ticken der Uhr, hören den Tag, der langsam erwacht, hören von nebenan das Moped, wie es aufheult, um den Nachbarsjungen in die Stadt zu tragen.

»In der Schule werde ich heute wohl einen Tag aussetzen«, sagt Karen, »ich muss es dem Rektor sagen, dass sie eine Vertretung schicken.«

Die Männer erheben sich. Arnold geleitet sie zur Tür.

»Noch mal mein herzliches Beileid«, sagt der Oberstleutnant und reicht Karen die Hand.

»Und Ihnen vielen Dank, dass Sie hergekommen sind.«

Sie dreht sich weg, geht zur Treppe des Schlafzimmers. Der Hund folgt ihr. Die Tür klickt hinter ihr ins Schloss.

»Wenn Sie medizinische oder sonstige Hilfe brauchen«, sagt der Offizier und reicht Arnold eine Visitenkarte, »dann wählen Sie bitte diese Nummer.«

Er öffnet die Haustür. Ein schneidend kalter Wind drängt herein.

»Mein Junge möchte nicht, dass auf seiner Beerdigung Politiker sprechen«, sagt Arnold.

»Sind Sie sicher?«

»Absolut sicher.«

»Ich werde es ausrichten, auf Wiedersehen.«

Arnold schiebt die Tür hinter den Männern zu und begreift in dem Augenblick, dass aus seinem Leben, das manchmal glücklich und meistens normal war, soeben ein unbeschreibliches, sinnloses Nichts geworden ist.

# VIERTER TEIL

## 46

Das Lied geht so langsam, als wollte es nie zu Ende sein. Eine schwerzüngige, slawische Sprache, die nach ewigen Wintern klingt, nach vergreisten Dörfern, in denen das Leben so zäh ist, dass dem Sänger die Zeit bleibt, zwischen den Silben zu atmen.

In der letzten Nacht hat Arnold von dem Franzosen geträumt. Er sah ihn am Straßenrand sitzen und mit dem Messer auf das Auto einstechen. Das Auto verwandelte sich in ein Reh. Das Reh zum Hund. Zu seinem Hund. Ihm steckte das Marttiini-Messer im Hals. Arnold war hochgeschreckt und hatte nicht wieder einschlafen können.

Es schneit. Das Kaminfeuer knistert. Der Hund schläft. Das Radio von der rothaarigen Frau hat die Größe eines Schuhkartons und ein Gehäuse aus Holz. Es ist alt. Wenn auch lange nicht so alt, wie das Radio des Bildhauers. Aber es hat einen viel besseren Klang als das Transitording.

Der Teekessel pfeift. Der Hund öffnet die Augen. Arnold gießt den Tee auf, Pfefferminzgeruch schwebt im Raum. Er wirft dem Hund ein paar Kekse hin. Der schluckt sie weg und schleckt sich mit der Zunge übers Maul.

Sie hat eine Postkarte dazugelegt. Eine Schwarzweißfotografie aus den fünfziger Jahren. Ein Mann im karierten Anzug, der lachend den Kopf in einen Grammophontrichter hält.

*Vielen Dank für Ihre Hilfe. Sie sind ein netter Mensch. Und Ihr Hund ist ein netter Hund. Grüße auch von meiner Cousine. Ihre Anne.*

Sie hätte eine Telefonnummer hinzufügen können. Und Arnold hätte vom Hochsitz heruntersteigen können, als sie das Päckchen vor der Tür ablegte.

Er trinkt vom Minztee, breitet die Landkarte aus und zeichnet die Stelle ein, an der er das tote Reh gefunden hat. Seine Hütte, das verbrannte Zelt, das tote Reh, die Jausenstation, all das in einem Radius von weniger als zwei Kilometern.

Die Bolzen glänzen metallisch. Er hat sie von Blut und Ruß befreit. Sie sind gleich lang und auch gleich dick. Er legt das Marttiini-Messer dazu, das Gewehr und auch die Schachtel mit der Munition. Er ist bereit.

Das langsame Lied verklingt. Lässt knisterndes Schweigen zurück. Streicht sich der Sprecher vor dem Mikrofon über den Bart? Arnold legt sich aufs Bett und lauscht dem Klang der Stimme. Sie spricht in einer fremden Sprache, die er gerne hört. Vor dem Fenster sinkt Schnee in fedrigen Flocken zu Boden. Das Holz knistert im Kamin. Der Hund stöhnt im Schlaf. Zeit vergeht. Also schließt er die Augen und schläft ein.

## 47

Im Licht der Scheinwerfer fliegt karger Schneegriesel. Sie sitzen zusammen auf der Rückbank des Wagens. Arnold hat sich vorgebeugt, dass er mit dem Rücken den Sitz nicht berührt. Warum auch immer.

Der Nachbar bestand darauf, sie zu fahren. Er will etwas tun, weil ihm die Worte fehlen. Er und die anderen haben sich angeboten, die Einkäufe zu erledigen, die Hecke zu stutzen und auf die Ämter zu gehen.

Gestern hat Arnold die Sträucher zurückgeschnitten und hat es vermieden, aufzusehen, wenn ein Auto kam oder eine Haustür klappte. Er wusste auch so, dass sie alle in ihre Häuser schlichen oder sich erst gar nicht raustrauten, solange er in Gummistiefeln und mit der Heckenschere im Garten war.

Später war sein Schulleiter am Telefon gewesen.

»Arnold, ich …«, der Direktor schluckte, atmete tief ein und schluckte noch einmal, »… man kann es nicht in Worte fassen, Arnold, ich …«

»… ich weiß«, sagte er.

Sie hatten zusammen geschwiegen, bis auch das nicht mehr auszuhalten war.

»Danke, dass Sie an mich gedacht haben«, hatte Arnold schließlich gesagt und aufgelegt.

Karen schweigt. Seit die beiden Männer davongefahren sind. Sie hat nicht geweint, nicht geschrien, nein. Nur geschwiegen hat sie. Und tut es noch immer.

»Willst du reden?«, hat er sie jeden Tag gefragt seitdem, und immer hat sie den Kopf geschüttelt. Nur einmal hat sie sich an ihn gelehnt, ihren Kopf an sein Herz gepresst, als wollte sie wissen, ob es noch schlägt. So blieben sie lange. Bis Karen die Leine vom Haken nahm, um mit dem Hund zu gehen.

Sie schaut starr aus dem Seitenfenster wie jemand, der einen Nebel durchschauen will. Über der Straße schaukeln Girlanden aus Tannengrün. An der Einfahrt zum Supermarkt ist ein Adventskranz aufgestellt, groß wie ein LKW-Reifen. In den Schaufenstern blinkten die Weihnachtslichter. Auf dem Tankstellendach winkt ein Nikolaus mit mechanischem Arm.

»So«, sagt der Nachbar, als sie am Friedhof sind.

»Danke dir«, sagt Arnold.

Die Gemeinde weicht zurück, macht den Weg frei, senkt die Köpfe, als er mit Karen zur Kapelle geht. Der Sarg wartet unter dem Kreuz. Ein Foto des Jungen lehnt sich an. Der Junge in Uniform mit lächelndem Blick. Als sei das Bild nur für diesen Zweck aufgenommen, so lächelt Chris der Gemeinde zu. Auf schwarzem Samt ist seine Gefechtsmedaille ausgestellt. Es riecht nach Weihrauch und Schnittblumen.

Sandra wartet neben der Bank und hat die Hände vors Gesicht geschlagen.

»Komm zu uns«, sagt Arnold und fasst sie unter. Karen neben ihm ist ein einziges Zittern. Er riecht den Cognac. Sie setzen sich hin.

Der Pfarrer spricht leise. Nein, lautlos. Arnold hört seine Worte nicht. In seinem Kopf ist vollkommene Stille. Das Pfeifen ist verschwunden, das fällt ihm auf. Da ist nur noch Stille. Als tauchte er in einem milden Wasser, das ihm die Ohren verschließt und den Blick verschwimmen lässt. Tauchen ist gut. Er lässt sich sinken ins dunkle, lautlose Meer.

Acht Soldaten tragen den Sarg. Sie gehen im Gleichschritt. Dahinter der Pfarrer, Arnold, Karen und Sandra. Ein milchiger Himmel liegt über dem Friedhof. Das klagende Geläut der Totenglocke. Die Stiefel der Soldaten knirschen auf dem Schotter.

Arnold geht langsamer, so dass mehr Abstand ist zwischen ihm und dem Sarg. Dass das Bild sich verkleinert vor seinen Augen. Dass er das Ganze sieht. Es ist leichter, die Dinge zu verstehen, wenn man sie im Ganzen betrachtet. Das sagt er so oft zu den Schülern, wenn sie beim Kunstunterricht oder im Museum zu nah herangehen an die Dinge.

Die Soldaten setzen den Sarg ab und salutieren. Der Junge ist tot, gefallen, erschossen. Schüsse in die Dunkelheit, Schüsse aus der Dunkelheit. Da beschießen sich Männer, die sich nicht kennen. Eine Kugel aus dem Nichts. Eingedrungen in den Hals. Durchschuss. Sofort tot. Nicht gelitten. Jetzt hier im Sarg. Getragen von den acht Soldaten. Die seine Freunde waren. Nie hat er bessere Freunde gehabt.

Doch auch das ganze Bild kann Arnold nicht verstehen.

## 48

Es ist sein zweiter Winter hier. Die Skifahrer kommen immer mit dem ersten Schnee. Von einem Krieg ist nichts zu sehen. Limousinen und Reisebusse drängen in die Täler und zu den Liften. Vier, fünf Dutzend Wagen lässt er an der Landstraße passieren, bis er endlich eine Lücke findet, auf die Tankstelle abzubiegen.

Ein Junge hockt auf einem Traktor und schiebt den Schnee zusammen. Arnold drückt die Fahrertür zu, bevor der Hund aus dem Pick-up schlüpfen kann. Wütend stößt seine Schnauze gegen die Scheibe, er tappst über die Sitze und bellt. Es ist wärmer geworden zur Mitte des Tages, die Anzeige steht über null. Hin und wieder trudeln Schneeflocken aus den grauen Wolken über dem Tal. Das Weiß wird stumpf und matschig. So haben Landschaft und Himmel beinahe dieselbe Farbe.

Arnold betankt den Pick-up und füllt den Kanister. Der Hund hockt still auf dem Sitz und sieht zu, wie er mit dem Schwamm über die Scheinwerfer wischt.

»Wird er irgendwann wieder richtig laufen können?«, hatte Arnold den Tierarzt gefragt.

»Wenn's der Herrgott so will.«

»An den glaube ich nicht.«

»Wenn du nicht an ihn glaubst, wird der Herrgott deinem Hund auch nicht helfen«, sagte der Tierarzt und lachte.

»Dann überleg ich's mir noch mal.«

»Besser wär's. Weißt du, dass sie noch einen Hund mit Bolzen angeschossen haben?«

»Nein.«

»Ich musste ihn einschläfern.«

»Schade«, sagt Arnold.

»Hast du's der Polizei gemeldet?«

Er steckt die Zapfpistole in die Halterung, er schraubt den Tankdeckel zu und verstaut den Kanister unter der Plane auf der Ladefläche. Nein, er hat es nicht bei der Polizei gemeldet. Die braucht er nicht. Der Hund bellt, als Arnold zum Tankstellenshop geht. Eigentlich ist es eher ein Supermarkt. Bei der Kühltruhe gibt es eine Café-Theke mit klobigen Lederhockern davor.

»Herzlichen Glückwunsch«, sagt der Kassierer, »ab dreißig Litern gibt's den Glückskeks.«

»Und dann?«

»Den Keks kannst essen, das Los wirfst in die Trommel. Vielleicht gewinnst Winterreifen.«

»Ich habe Winterreifen.«

»Dann nicht«, sagt der Kassierer, grinst und schiebt sich den Keks in den Mund.

Arnold sieht nach dem Pick-up. Der Hund ist abgetaucht. Wahrscheinlich liegt er auf der Sitzbank und döst.

Er geht zum Zeitschriftenständer. Auf dem Titelbild einer

Illustrierten das Gesicht eines Jungen, der in Handschellen von Uniformierten zu einem Polizeiwagen geschoben wird. In der Überschrift heißt er *Das Monster*. Arnold hat im Radio von ihm gehört und sich das Gesicht des Jungen vorgestellt. Er dachte, es sei ein Gesicht voller Zynismus und Hass. Aber es ist anders. Der Junge hat gar nichts Böses im Blick. Er lächelt so wie die braven Jungs an Arnolds Schule.

Die automatischen Türen fahren auf und lassen einen Schwall winterkalter Luft herein. Arnold blättert die Zeitschrift auf.

Einen Obdachlosen habe das Monster in seine Wohnung gelockt. Ihm Kopfhörer aufgesetzt, dass er mal schöne Musik hört. Und dem Obdachlosen dann mit einem Hammer den Schädel eingeschlagen, das Hirn und die Zunge aus dem Kopf geschnitten, den Tisch gedeckt und die Polizei zum Abendessen eingeladen.

Dass einen das Töten lächeln lässt wie einen braven Abiturienten, wundert Arnold nicht. Er hat ja auch gelächelt, als er den Franzosen überfuhr. Er konnte gar nicht aufhören zu lächeln. Sein Lächeln hatte Karen mehr erschreckt als alles andere.

Er steckt die Zeitschrift zwischen die anderen Magazine. Der Kaffeeautomat faucht. Der Tankwart schiebt einen dampfenden Becher zu dem Mann, der Arnold den Rücken zuwendet. Er trägt eine Lederkappe, aus der dunkle, glänzende Haare herausfließen. Der Mann zieht den Anorak aus, hängt ihn über die Lehne, setzt sich auf den Hocker vor den dampfenden Kaffee. Er trägt ein Fußballtrikot. Es ist gelb und hat die Nummer Siebzehn. *Brasil.*

Der Schmerz hinter Arnolds Augen ist schrill und sticht. Er reibt sich die Stirn, schließt die Lider. Als er hinausgeht, fühlt er sich wie betäubt. Bei den Zapfsäulen riecht es nach Schnee und Benzin. Die Scheiben des Pick-ups sind beschlagen. Der Hund stößt sein Maul gegen das Seitenfenster und will Arnolds Hand lecken, als er sich hinter das Lenkrad setzt.

»Geh doch weg«, sagt er.

Er wendet, fährt um die Tankstelle herum, hält bei einem Schneehaufen und wartet. Von dort kann er in den Tankstellenshop sehen. Nur langsam klingt der Schmerz ab hinter seiner Stirn.

Der andere schiebt irgendwann den Becher zurück und zieht den Anorak über. Im Hinausgehen sieht er zum Kassierer. Ein Tankkunde beißt in den Glückskeks. Der Tankwart lacht. Der andere grüßt den Tankwart, greift ins Regal mit den CDs und schiebt etwas unter seinen Anorak. Automatisch gleiten die Türen auf und schließen sich hinter dem Mann mit dem gelben Trikot. Er geht schneller jetzt, geht zwischen den Zapfsäulen durch, hat den Gang eines jungen Mannes, federnd und ohne Angst. Im Gehen zündet er sich eine Zigarette an, läuft bis an den Rand der Landesstraße. Die Autos dort lassen kaum eine Lücke. Bis er genug hat von der Warterei und auf die Fahrbahn tritt. Autos hupen, ein Tankwagen bremst, lässt sein Horn röhren wie eine Schiffssirene. Er sieht nicht mal auf, schnippt die Kippe nach dem LKW, geht am Grillimbiss vorbei, verschwindet dahinter im Sträßchen, das auf den Berg führt.

»Sei doch still«, sagt Arnold und dreht den Zündschlüssel. Und endlich lässt der Hund das Bellen sein.

# 49

Das Jahr geht voran. In der Nacht gab es Frost. Im Fernsehen sprechen sie von einem besonders strengen Winter. Das Gras ist starr und knistert, als zerbrächen die Halme unter Arnolds Stiefeln. Der Hund läuft vorweg, hat die Nase am Boden, trottet dahin, wie in Gedanken versunken. Bleibt Arnold zu weit zurück, wartet er, bis sich ihr Abstand auf zehn, zwölf Schritte verringert.

Vor dem Haus des Architekten steht ein Krankentransporter. Sanitäter ziehen einen Rollstuhl aus dem Wagen. Der Mann winkt Arnold mit matter Hand, lacht ein todkrankes Lachen. Seine Frau steht in der Tür und friert. Arnolds Hund und der Hund des Architekten beschnuppern sich.

Am Vormittag war er erstmals wieder in der Schule. Sein gesamtes Leben hat er an Schulen verbracht. Aber ein Schweigen in der Klasse wie an diesem Morgen hat er noch nie erlebt. Sie sollten so sein wie immer, hatte er den Kindern gesagt, genauso fröhlich und laut. Aber die Schüler hatten ihn ratlos angesehen und geschwiegen. Einige der Mädchen hatten sogar geweint.

Mit Karen gibt es nur wenige Worte und nie übers Alltägliche hinaus. Was eingekauft werden muss. Welcher Papierkram zu erledigen ist. Dass Arnold das Rezept in der Apotheke einlöst. Was sollen sie auch bereden? Es sind einunddreißig Jahre, sie kennen ihre Gedanken. Manchmal halten sie sich in den Armen, dass Arnold ihr Herz schlagen hört und den Cognac riecht. Sie sehen über den Wald auf die Spitzen der Flutlichtmasten, und wenn die Sonne scheint, glitzert der See zwischen den kahl gewehten Bäumen.

Briefe wurden ihnen geschickt von Verwandten, Nachbarn,

Kollegen, Freunden. Auch Fremde schrieben. Eine Rentnerin aus Cuxhaven legte einen Zwanzig-Euro-Schein ins Kuvert. Den Brief des Ministers brachte ein Bote. Er schrieb auf feinem Papier, unterzeichnet mit Füllfederhalter. Vermutlich hält der Minister für Briefe wie diesen einen Vorrat an feinem Papier, an wohlgewählten Worten und tiefblauer Tinte bereit.

»Willst du den Brief lesen?«, hatte er gefragt.

»Warum sollte ich«, war ihre Antwort gewesen.

Der Soldaten- und Kriegerverein will Chris' Namen am Soldatendenkmal beim Rathaus eingravieren lassen. *Christian Steins ist der erste Gefallene des Ortes seit 1945,* so solle die Inschrift lauten, schrieb der Vorsitzende. Ob Arnold Einwände habe?

Auf dem See, der gar kein See ist, hat sich eine Eisschicht gebildet. Sie liegt fein auf wie eine Haut aus Cellophan. Kinder werfen Stöcke, die das dünne Eis in Scherben brechen. Der Hund stellt sich auf, spitzt die Ohren, will los.

»Du bleibst hier«, sagt Arnold und packt ihn am Halsband, dass der sich auf die Hinterbeine stellt und wütend knurrt.

Arnold geht schneller jetzt. Der Frost kriecht ihm bis in die Knochen. Als er mit dem Hund aus dem Wald kommt, fährt der Sohn des Architekten vor. Der Kofferraum seines Cabrios klappt auf, der junge Mann greift hinein und wedelt seiner Mutter mit einem Blumenstrauß. Sie steht in der Haustür und lacht ihrem Jungen entgegen.

Eine schmale Rauchfahne windet sich aus dem Schornstein ihres eigenen Hauses. Karen sitzt am Fenster im Zimmer des Jungen. Jeden Tag sitzt sie dort und findet keinen Trost. Der Hund schlägt an, Arnold winkt. Sie hebt die Hand und winkt zurück.

# 50

Der Schnee wird zu Regen, als sie aus dem Wald heraustreten. Sie gehen am Golfplatz entlang. Schwere Tropfen durchlöchern die Kruste des Schnees. Von Süden her geht ein föhniger Wind. Viel zu warm für die Zeit. Über der Wiese wabert dichter Nebel, Schmelzwasser gurgelt aus den Gullis hervor. Einsam dreht der Skibus seine Runde.

Früh am Morgen sind Arnold und Hund bis zur Lichtung hinauf. In den zwei Stunden, die er die Jausenstation vom Waldrand aus mit dem Fernglas beobachtet hat, ist nichts passiert. Einmal kam eine Gruppe Wanderer am Haus vorbei. Einer der Männer scherte aus und rüttelte an der Tür, doch niemand öffnete. Die Wanderer lachten und gingen weiter.

Wegen der Kälte hatte Arnold das Fernglas schließlich wieder im Rucksack verstaut und war mit dem Hund zu seiner Hütte zurückgegangen. Die Nägel sah er erst, als er die Tür öffnen wollte. So sorgfältig waren sie ins Holz geschlagen. Die Arbeit eines Tischlers. Fingerlange Stahlnägel, durch das Türblatt bis tief in den Rahmen getrieben. Das Gegenteil eines Einbruchs. Wofür es kein Wort gibt. Es dauerte mehr als eine Stunde, sie mit der Zange aus dem Holz zu ziehen. So lange hatte der Hund auf der Veranda gehockt und gejault. Er war nass und fror und wollte sofort an den Kamin.

Der Skibus fährt an. Der Fahrer grüßt. Arnold überquert die Straße, schiebt die Tür zur Poststelle auf.

Wortlos geht der Mann ans Regal.

»Das liegt hier schon eine ganze Woche«, sagt er, sein Schnurrbart vibriert bei jedem Wort.

»Tut mir leid«, sagt Arnold.

»Den Fehler machen viele Postlagernde, dass sie nicht regelmäßig nachschauen.«

»Ich werde dran denken«, sagt er und unterschreibt die Quittung.

»Wollen Sie auch schon Ihre Zweihundert?«

»Deswegen bin ich hier.«

»Ich frage nur, weil noch nicht Samstag ist.«

»Sehr aufmerksam von Ihnen.«

Nur selten bekommt er einen Brief aufs Postamt. Und wenn, dann nur von der Rentenkasse, der Lebensversicherung oder der Bank. Einmal schrieb der Direktor, dass er noch immer keine Worte habe.

Aber den Brief, den der Mann ihm jetzt reicht, hat Sandra geschickt.

»Nun warte doch«, sagt Arnold, als der Hund an der Leine zieht, und schiebt sich den Brief unter die Jacke.

Noch mehr Regen. Dazu ein böiger Wind. Der Skibus macht eine weitere Runde. Im Café hocken die Skilehrer in einer Wolke aus Zigarettenqualm. Immer wieder brechen sie in Gelächter aus. Die Serviererin trägt einen kurzen Rock und nimmt die Blicke der Männer mit. Sandras Absender ist neu, sie wohnt jetzt in der Vorstadt der City. Mit der Kuchengabel trennt Arnold den Umschlag auf. Sie bittet, ihn besuchen zu dürfen, ihr Anliegen sei nicht am Telefon zu besprechen. Möglichst bald, am liebsten sofort, schreibt sie, und das ist mindestens schon eine Woche her.

»Eine Melange und den Zwetschgenkuchen«, sagt die Serviererin und stellt das Gedeck vor Arnold ab.

Der Hund lauert auf den Keks. Die Männer belachen einen Witz. Aus den Lautsprechern stampft ein Schlager. Chris und

Sandra. Ein hübsches junges Paar. Ein ehrliches Mädchen. Oma, Opa. An den Geburtstagen und zu Weihnachten schrieb Sandra ihm postlagernd rührende Briefe. Auf die er nie eine Antwort fand.

Er denkt an ein Foto der beiden. Es hing am Schrank in der Küche. Die Szene gerät in Bewegung jetzt. Irgendein Sonntag, Kaffeetrinken, die Sonne steht hoch am knallblauen Himmel. Chris kickt das Motorrad an, lässt die Maschine aufheulen. Karen hält sich lachend die Ohren zu. Sandra schiebt sich den Helm über den Kopf. Karen und er stehen winkend am Haus. Die beiden Kinder fahren davon. Der Hund hinterher. Chris, wie er langsam am Haus des Architekten vorbeirollt. Dahinter beschleunigt. Der Hund gibt den Wettlauf auf und bleibt stehen. Zwischen den Häusern bekommt das Motorrad ein Echo. Erst als die beiden aus ihrem Blick verschwunden sind, lassen sie auch die Arme sinken.

»Zahlen bitte«, sagt er.

Von einem Witz der Skilehrerrunde hat die Serviererin noch ein Lachen im Gesicht. Sie tatscht dem Hund über den Kopf und bedankt sich bei Arnold fürs Trinkgeld. Als er die Tür aufschiebt, dämmert es bereits. Der Skibus dreht gerade seine letzte Runde.

## 51

Wo die Fotos hingen, ist die Tapete in Arnolds Arbeitszimmer ein wenig heller geblieben. Vielleicht hängt er die Bilder irgendwann wieder auf. Vielleicht auch nicht. Chris mit dem Basketball. Chris beim Fußball. Chris mit dem Tretroller. Chris im Krieg. Chris. Chris. Chris. Arnold klappt die Werkzeugkiste auf, sucht nach einem passenden Schraubendreher und kriecht unter den Schreibtisch.

Mag sein, dass so mancher Schmerz mit der Zeit vergeht. Doch es gibt auch Schmerzen, die sind immer da. Die für immer bleiben. Vielleicht werden sie irgendwann zu etwas Alltäglichem, ein gewöhnlicher Zustand. Aber sie bleiben Schmerzen. Als habe sich das Leben nie anders angefühlt.

Das Telefon klingelt und zersägt die Stille. Arnold erschrickt, legt den Schraubendreher weg, kriecht unterm Tisch hervor, läuft die Treppe hinauf, aber als er beim Telefon ist, hört es auf zu klingeln.

Fünf Wochen sind vergangen seitdem, und er ist noch immer betäubt von der Größe und Brutalität des Schmerzes, den dieser Krieg für ihn bereithielt. An die Zeit davor hat er keine Erinnerung. Als sei das vorherige Leben als glücklicher und zufriedener Mensch für immer aus seinem Gehirn gelöscht.

Ein zweites Mal kriecht er unter den Tisch und dreht die Schrauben aus den Klemmen.

Fünf Wochen, in denen der Schmerz ihm zu einer trägen, betäubenden Gleichgültigkeit wurde, die ihn im Griff hat wie ein ewiges Fieber. Die Schüler in seiner Klasse toben und lachen wieder. Es macht ihm nichts aus. Ihr Lärm ist ein weit entferntes unwirkliches Rauschen, das er mit demselben Gleichmut hinnimmt wie Karens dunkles, unendliches Schweigen.

Irgendwo draußen bellt ein Hund. Mehr ein Kläffen als Bellen. Noch weiter entfernt, kaum hörbar, eine Sirene und etwas lauter dann das Dröhnen eines Flugzeugs im Landeanflug. Wenn man die Flieger hört, dann kommt der Wind von Westen. Jetzt röhrt ein Moped vor dem Fenster entlang, Bremsen quietschen, der Motor verebbt. Der Sohn der Nachbarn vermutlich.

Noch sechs Tage. Und dann? Dann wäre auch Chris nach Hause gekommen.

Er kommt nicht gut voran mit der Arbeit. Das Kabel hat Chris montiert. Er war ein guter Handwerker, was der Junge anschraubte, lässt sich nicht einfach von der Wand ziehen. Immer wieder rutscht Arnold mit dem Schraubendreher an den Klammern und Haken ab. Irgendwann zerrt er am Kabel, dass die Haken aus der Wand reißen, Tapetenfetzen und Putz auf den Teppich rieseln.

Er schwitzt, als er unter dem Tisch hervorkommt. Steht auf, drückt die Stirn gegen den Rahmen der Tür. Seit das Summen aus seinem Kopf verschwunden ist, lauscht er manchmal in die Stille. Eigentlich gibt es sie ja gar nicht. Da ist immer das Ticken seiner Armbanduhr, oder irgendwo im Haus dehnt sich eine Fuge. Und jetzt hört er sogar sein Herz schlagen.

Karen ist mit dem Hund im Wald. Sie waren am Nachmittag schon draußen, er mit den beiden. Aber der Hund gab keine Ruhe und wollte noch einmal los. Arnold verpackt den Computer, den Monitor und den Drucker in Kartons und trägt alles in den Flur. Eine Referendarin will sich das Zeug später abholen. Er braucht es ja nicht mehr.

Er holt den Staubsauger und saugt die Putz- und Tapetenreste auf. Dann sieht er auf die Uhr. Seit einer Stunde sind die zwei schon unterwegs. Es ist längst dunkel draußen. Seit Tagen liegt klirrender Frost über dem Land. Noch eine Nacht aus Eis. Wie gestern schon.

Er dreht die Heizung auf, geht in die Küche, bereitet das Abendessen zu. Wenn Karen zurück ist, werden sie essen und dann fernsehen. Vor dem Fernseher ist das Schweigen erträglicher.

Er legt Möhren, Zwiebeln, Tomaten bereit und will gerade

den Salat waschen, als von der Haustür ein Kratzen kommt. Ein Jaulen, ein Bellen. Der Hund soll nicht die Tür verkratzen. Er hat es ihm doch eingeschärft. Schon so viele Male. Doch der bellt nur noch lauter, als Arnold die Tür aufzieht, und schüttelt sich. Auf seinem Fell ist eine glitzernde Kruste aus Eis.

»Karen«, sagt Arnold ins Dunkel.

Der Hund zittert. Legt den Kopf schräg, jault, läuft ein paar Schritte zur Straße, dreht sich um und bellt und jault erneut.

Da ahnt er es schon, da bleibt ihm bereits die Luft weg. Er läuft. Läuft durch den nachtschwarzen Wald, der erstarrt ist vom Frost, läuft durch die Siedlung, an Spielplatz und Todesbahn vorbei, springt über den Bach, läuft den Weg entlang, läuft all die Kulissen ihres Lebens ab.

Über den Wipfeln der Bäume scheint das Flutlicht vom Sportplatz, als werde der Horizont von einer milchigen Sonne bestrahlt.

Als sie beide am Nachmittag draußen waren mit dem Hund, gingen sie an den See, wo die Kinder auf dem Eis spielten und rutschten. Auch der Hund war auf die Eisfläche gesprungen, war ins Schlittern geraten, hatte die Beine nicht geradebekommen, war auf den Bauch gefallen und mit fliegenden Haaren bis ans andere Ufer gerutscht. Die Kinder lachten, und zum ersten Mal, seit es passiert war, seit fünf Wochen zum allerersten Mal, ging ein Lächeln auch über Karens Gesicht.

Kalt zuckt das Blaulicht zwischen den Bäumen. Arnold wird schneller, läuft, stolpert, rutscht, das tote gefrorene Gezweig zerknackt wie Stroh unter seinen Stiefeln. Auf dem Eis stochert eine Gestalt mit der Stange in einem Loch. Zwei Männer knien am Ufer. An der Böschung Spaziergänger. Sie halten ihre Hunde fest.

Die Sanitäter haben einen Scheinwerfer neben den Rettungswagen gestellt. Und Karen den Anorak aufgerissen. Immer wieder drückt einer der Männer seine Hände gegen ihre Brust.

»Komm schon«, sagt er, »mach die Augen auf. Komm schon.«

Aber er meint es anders. Denn Karens Augen sind doch auf. Sie sieht in den leeren, schwarzen Himmel. Noch nie hat Arnold einen solchen Himmel gesehen. Ein endlos schwarzer, schweigender Himmel.

Auf ihrem Gesicht ist ein Lächeln. Vielleicht war der Hund noch mal auf dem Eis. Vielleicht hat sie noch mal gelächelt deswegen. Eistropfen sitzen auf ihren Wimpern. Das Scheinwerferlicht lässt sie glänzen wie winzige Edelsteine.

»Sie wollte den Hund retten«, sagt eine Stimme aus dem Dunkel.

Nein, denkt Arnold, nein. Es ist umgekehrt. Der Hund hat Karen retten wollen.

# FÜNFTER TEIL

## 52

Er muss über der Stimme des Radiosprechers eingeschlafen sein. Jetzt klagt ein Klavier seinen Blues in das knisternde Rauschen. Zwei Uhr nach Mitternacht. War da nicht eben ein Geräusch? Viel lauter als die Musik und das Knistern. Da ist es wieder. Ein Knacken. Als bräche ein Ast unter schweren Stiefeln.

Bleib liegen, solange der Hund nichts hört. Noch mal. Das Knacken. Und nun ist auch der Hund auf den Beinen. Er duckt sich und humpelt bis an die Tür. Arnold springt auf, hält dem Hund das Maul, dass er bloß nicht bellt.

Er späht durch den Spalt im Fensterladen und tastet nach dem Messer. Er geht auf die Knie. Zieht leise die Tür auf. Es war gut, die Scharniere zu ölen. Der Wind drängt herein in die Hütte. Er spürt die Hundeschnauze am Bein.

»Sitz«, flüstert er, »sitz.«

Beleidigt humpelt das Tier davon, streckt sich hin auf die Decke und leckt sich das Maul.

Wenn der andere ihn beobachten will, dann wäre der Hochsitz der beste Platz dafür. Er könnte auch auf einen der Bäume klettern, die das Grundstück umstellen. Arnold bleibt am Boden, robbt raus auf die Veranda. Sofort durchdringt die Nässe seine Hose an den Knien. Er schaut durch das Fernglas. Da sind keine Farben, er sieht bloß verschiedene Abstufungen von Schwarz. Nur der Schnee ist im Mondlicht wie silberfarben.

Er schwenkt das Fernglas zum Hochsitz hin. Nichts Auffälliges dort, da bewegt sich nichts. Die Wipfel der Bäume dehnen sich im Wind. Wieder ein Knacken, ein Klappern. Er fährt herum. Das Gatter. Der Wind schiebt es immer wieder ans Schloss. Er muss das Scharnier reparieren, gleich morgen bei Tag.

Er fragt sich, wie lange er noch aufschrecken will von jedem Geräusch, das da kommt in der Nacht. Er ist nicht hier, um sich zu fürchten. Er ist hier, um allein zu sein. Erst jetzt merkt er, dass ihm die Luft weniger wird. Dass er am Boden bleiben muss, als habe da jemand Regie über ihn. Ein spitzer Stich fährt ihm zwischen die Rippen. Bohrt sich wütend ins Herz. Der Mund wird ihm trocken. Schweiß bricht ihm aus. Ein weiterer Stich, sehr viel tiefer jetzt. Er stützt sich am Boden ab. Das Blut strömt so schwer durch seinen Kopf, als wolle es gleich zu den Ohren heraus. Er beugt sich nach vorn, presst die Lider zusammen. Sieht mattes Rot. Der nächste Stich. Etwas höher und stumpfer und noch weiter ins Herz. Er greift nach dem Schmerz, als die Spitze sticht. Ein weiteres Mal. Der Schmerz dehnt sich aus, wird größer und breiter, setzt nun Stich auf Stich wie eine Nähmaschinennadel am Saum des Herzens.

Er geht zu Boden, legt sich hin, streckt sich aus auf dem nassen Holz. Der Schmerz verschiebt sich, fährt ihm unter die Rippen, als wolle er seinen Brustkorb sprengen. Er rollt auf die Schulter, kippt auf den Rücken. Der Schmerz, der dableibt, ist gnadenlos. Dann ist das vielleicht das Ende. Niemand weiß, wie sich das Ende anfühlt. Vielleicht stirbt er jetzt. Stirbt hier vor der Hütte unter sternenklarem Himmel.

Um Gottes willen, wenn so das Ende ist, dann mach es schnell. Mach es jetzt. Er schließt die Augen. Nun mach schon. Lass mich sterben. Angst? Wovor denn? Karen und Chris sind doch schon dort. Sie warten.

Der Hund bellt, kriecht auf die Veranda, stößt ihn jaulend mit der Schnauze an. Du stirbst nicht, hörst du? Du stirbst nicht. Er spürt seine Zunge auf der Stirn. Ein nasses, raues Stück Fleisch.

Der Schmerz wird weniger jetzt, schleicht sich aus seinem Herzen, rutscht auf die andere Seite der Brust, schrumpft zu einer Schlange, wird ein langer, dürrer Schmerz, der den Arm durchkriecht, Zentimeter um Zentimeter, bis hinunter in die Hand, wo er sich auflöst und aus den Fingern fließt.

Eine Krähe lässt sich auf dem Geländer nieder. Vielleicht glaubt sie, er sei schon tot. Noch eine Krähe. Im Tal dröhnt ein Motor. Die Bäume, sie knarren und winken ihm zu. Der Hund bellt, die Krähen flattern auf. Wieder will er sein Gesicht lecken. Es heißt, ein Hund vergibt seine Zuneigung nur ein einziges Mal. Dann ist das hier die Ausnahme, denn er hatte sie schon an Karen vergeben.

»Komm her«, sagt Arnold und tätschelt dem Tier das Fell. »Komm her.«

Vorsichtig dreht er sich auf die Seite, fürchtet die Rückkehr des Schmerzes, kommt auf die Knie, zieht sich am Geländer hoch. Seine Beine zittern. Er legt sich eine Hand auf die Brust. Zuerst fühlt er nichts, und dann ist da endlich ein leichtes, gleichmäßiges Schlagen.

# 53

Am Morgen erwacht er und hat Zweifel, ob er tatsächlich da draußen war in der Nacht, mit all dem Schmerz. Er glaubt es erst, als er die feuchten Kleider befühlt. Er tastet nach seinem Herzen und fühlt den Schlag, der gleichmäßig geht.

Das Radio sagt einen sonnigen Spätherbsttag voraus. Im Südosten schwemmt eine Steinflut ein Dorf in die Schlucht. Im Krieg zwei tote Soldaten. Der Minister spricht den Angehörigen sein Mitgefühl aus. Das Monster hat sich in seiner Zelle erhängt. Im Fußball wird der erste Trainer entlassen. Zum Wochenende Schneefall.

Arnold schiebt den Fensterladen auf. Ein sattblauer Himmel wölbt sich über Berg und Tal. Keine Wolken. Das Glitzern des Schnees im Sonnenlicht. Er fühlt sich kraftlos und verschiebt die Erkundung der Jausenstation. Aber er holt Werkzeug aus dem Schuppen und verschraubt das Scharnier am Gatter. Der Hund bleibt auf der Veranda zurück, sieht ihm zu.

»Komm«, sagt Arnold, als er fertig ist, und pfeift auf den Fingern. Der Hund rappelt sich auf, humpelt herbei, hält den Kopf gesenkt.

»Nun komm schon, beweg dich.«

Auf dem Pick-up liegt eine dünne Schicht Schnee. Der Hund glaubt, es ginge mit dem Wagen weiter, und stellt sich an die Beifahrertür.

»Nein, hier lang«, sagt Arnold und biegt in den Weg ein, der sich wie eine Spirale um den Hang windet und auf die Straße mündet.

Sie schlängelt sich in Serpentinen über die südliche Flanke des Berges und bis hinauf zur Alm. Sie haben dort einen guten Koch und eine freundliche Serviererin. Manchmal, wenn es

Arnold zu mühselig ist, sich ein Essen zu machen, kehrt er für eine Rinderbrühe dort ein.

Es ist kein anstrengender Anstieg, trotzdem spürt er sein Herz. Als müsste es sich mehr mühen als sonst. Ein Taxi fegt von der Alm herab und nimmt die Kurven eng, dass es mit den Staubfängern an die Schneekanten stößt. Derselbe Mann, der die Frauen fuhr. Anne mit den roten Haaren. Den Namen der anderen hat Arnold vergessen. Nein, das ist nicht richtig. Er könnte sich an den Namen erinnern, aber er will es nicht.

Anne kennt den Ort, an dem sie ihn findet.

## 54

Die Terrassengäste liegen unter Wolldecken und Heizstrahlern. Sämtliche Liegen und Tische vor der Panoramascheibe sind besetzt, von hier aus gibt es den Postkartenblick aufs Tal.

»Komm schon«, sagt Arnold und dreht sich um nach dem Hund.

Für gewöhnlich läuft er vorweg, wenn sie durch den Wald gehen. Aber jetzt bleibt er fünfzehn, zwanzig Schritte zurück. Bleibt immer wieder stehen und zieht das Bein nach.

»Was ist denn los mit dir?«

Arnold geht zurück, packt den Hund unter und trägt ihn zur Terrasse hinauf. Der Parkplatz steht voller schwerer Limousinen. Deutsche, Österreicher, Holländer, Belgier. Auf den Liegen wird gelacht, als er mit dem Hund auf den Armen die Terrasse betritt.

Er schiebt die Tür zu der Gaststube auf. Ein Dutzend Tische dort, Holz, Stahl, dunkles Leder, Glas. Es duftet nach Kaffee, nach Thymian und Oregano. Wunderbare Gerüche. Arnold kennt sich aus mit den Gerüchen von Gewürzen, er ist ja ein begabter Koch gewesen.

Er nimmt den einzigen freien Tisch. Hier ruht sich sonst die Serviererin aus, wenn weniger los ist als heute. Der Hund drängt sich an ihn, als sei ihm das Stimmengewirr und Gelächter, das Klimpern der Gläser und Fauchen der Kaffeemaschine nicht geheuer. Aus den Sektkühlern ragen Champagnerhälse. Zwei Alte in Sakkos verfüttern Schinken an einen Dalmatiner. Der Wirt schreitet umher wie ein Impresario, küsst und herzt und scherzt mit den Gästen.

»Ruhig«, sagt Arnold, »sei ruhig.«

Die Serviererin ist ein freundliches Mädchen aus dem Dorf. Er hat sie da schon gesehen. Sie bringt jetzt Wasser für den Hund und schenkt ihm ein Lächeln, als sie den Kaffee auf dem Tisch abstellt. Er sieht aus dem Fenster, ein Riese von Mann steigt aus einem klobigen Wagen. Seine Haare sind wie das Fell eines Bären. Im Hereinkommen bleibt er am Windfang stehen und zielt mit dem Hut nach dem Kleiderhaken. Die beiden Frauen, die mit ihm sind, lachen und beklatschen den gelungenen Wurf. Eine Gruppe Holländer ruft nach noch mehr Bier.

*Ihr Sohn Christian ist für die Freiheit jedes Einzelnen von uns gestorben,* hatte der Minister geschrieben.

Die Tür geht auf, der Windfang schiebt sich auseinander wie ein Bühnenvorhang, und der Sänger betritt die Gaststube. Er hat blond gefärbte Löckchen bis auf die Schultern und ein vom Alter zerfurchtes Gesicht und ist aus dem Fernsehen für seine Volkslieder bekannt. Der Wirt eilt herbei und herzt den neuen Gast. Die Menschen applaudieren.

*Liebe Familie Steins, Ihr Sohn Christian opferte sein Leben für unser aller Vaterland. Alle Deutschen und unsere Verbündeten trauern mit Ihnen.*

Arnold atmet flach und wütend. Er müsste es sich nicht ansehen. Er könnte nach draußen gehen und auf die Suppe verzichten. Aber der Hund ist eingeschlafen, er will ihn nicht wecken. Arnold legt sich ein Lächeln aufs Gesicht, ein Hass steigt in ihm auf, eine heiße, ohnmächtige Wut. Er wünscht sich das Gewehr herbei, mit allen hundert Schuss. Er legte es an und zielte zuerst auf den Riesen. Peng. Halsdurchschuss. Die nächste Kugel jagte er dem blonden Sänger in den Kopf.

*Ihr Sohn Christian hat nicht gelitten.*

Den Dalmatiner trifft die Kugel im Schlaf. Mehr als ein Zucken gelingt dem Vieh nicht mehr.

»Was fällt dir ein, warum schießt du auf meinen Hund?« Die Stimme des Herrchens überschlägt sich im Schrei.

Arnold zögert keine Sekunde. Die nächste Kugel sitzt in der gelben Pulloverbrust. Der Alte wird gegen die Wand geschleudert und stempelt einen rostroten Fleck auf den Putz. Arnold lädt nach.

*Ihr Sohn Christian ist nicht tot. Wer weiterlebt im Gedächtnis seiner Lieben, der lebt für immer fort.*

Chris, der nächste Schuss ist für dich. Der Wirt kommt angelaufen, hebt dem Gewehr die Arme entgegen. Schon schlägt die Kugel zwischen seinen Augen ein. Er taumelt, stürzt über das Gestühl und sackt neben dem Sänger zusammen.

Noch ein Schuss. Eine Kugel für den Holländer. Sie trifft ihn im Gesicht, die Zähne spritzen aus seinem Mund wie Perlen, die von der Kette springen.

Arnold schwitzt jetzt. Seine Hände zittern auf dem Tisch. Vor ihm dampft eine Rinderbrühe. Er hat gar nicht bemerkt, wie sie ihm serviert wurde.

Der Riese lacht dröhnend, die Frauen kreischen. Die Holländer verlangen nach mehr Bier.

»Für Crème brulée könnt' ich sterben«, kreischt die Frau, die dem Riesen am nächsten sitzt.

Dann stirb doch. Stirb. Stirb doch. Stirb. Die Kugel knallt ihr in die Stirn, Blut schießt ihr hinten und vorn aus dem Kopf, aber sie hält sich lange auf den Beinen und schreit nach noch mehr Crème brulée.

»Zahlen.«

Augenblicklich wird es ruhig in der Stube. Die Gäste sehen zu ihm hin. Zu dem Mann mit Hund am Tisch bei den Toiletten, der gerade geschrien hat und mit der flachen Hand so heftig auf die Tischplatte schlug, dass das Besteck zu Boden polterte.

Er wollte nicht schreien, doch er hat es getan. So laut er konnte. So laut wie damals, als er Karen dort liegen sah auf dem Eis mit dem Blick in den nachtschwarzen Himmel. Auf den Wimpern die zu Schmuck gefrorenen Wassertropfen.

Gemurmel kommt auf, das Gerede schwillt an, und die Menschen wenden sich ab. Der Dalmatiner bellt. Zu Arnolds Füßen rappelt sich der Hund hoch und legt die Schnauze an sein Knie. Die Serviererin kommt mit der Rechnung.

»Es tut mir furchtbar leid, dass du so lange warten musstest«, sagt sie.

»Du kannst nichts dafür«, sagt er.

Niemand sieht nach ihm, als er mit dem Hund die Gaststube verlässt. Noch bis auf den Parkplatz hört er ihr Lachen.

*Liebe Familie Steins, alle Deutschen werden das Andenken an Ihren Sohn Christian für immer in Ehren halten.*

Überm Gebirge zieht der Himmel zu. Ein grauer Schleier schiebt sich vor das Blau. Im Tal wird es regnen, weiter oben gibt es Schnee.

# 55

Als Arnold am nächsten Morgen erwacht, schwebt er noch eine Weile zwischen Traum und Tag. Seit diesen Schmerzen in der Brust geht er jedes Mal mit dem Gedanken ins Bett, vielleicht nicht wieder aufzuwachen. Er sollte zu einem Arzt gehen und sich das Herz untersuchen lassen. Es wäre vernünftig.

Er hustet, hat einen metallischen Geschmack auf der Zunge. Er hat von den Bolzen geträumt, also lebt er noch. Er tastet nach den Zigaretten auf dem Schemel gleich neben dem Bett. Er stößt mit den Fingerspitzen an ein Glas, stößt es über den Rand des Schemels. Verdammt noch mal. Das Glas zerspringt auf dem Boden. Er setzt sich hin, zündet die Zigarette an, nimmt einen tiefen Zug, fasst sich ans Herz. Es hat einen gleichmütigen Schlag.

»Hey, Hund«, sagt Arnold, »komm mal her.«

Das Tier liegt vor dem Kamin. In der Nacht ist die Glut erloschen. Der Hund hebt den Kopf, aber er steht nicht auf. Was ungewöhnlich ist.

»Was ist denn nur los mit dir, alter Junge?«

Arnold steigt aus dem Bett, weicht den Glasscherben aus, streichelt ihm den Kopf, schiebt ihm den Napf hin. Aber der Hund will nicht fressen. Will nicht mal was trinken.

In seinem früheren Leben hat Arnold sich nicht selten über Karens Liebe zu dem Hund amüsiert. Dass man ein Tier lieben kann wie einen Menschen, vielleicht sogar mehr, das war ihm nicht begreiflich. Mein Gott noch mal, es ist nur ein Hund, dachte er oft, wenn Karen sich sorgte, wenn der sein Fressen nicht anrührte oder als ihn die Bulldogge biss und das Tier eine Menge Blut verlor.

Arnold schneidet ein Stück von der Wurst ab.

»Komm«, sagt er, »hol's dir.«

Für eine Scheibe Wurst stand der Hund noch jedes Mal auf. Heut nicht. Rollt bloß auf die Seite, streckt sich aus und schließt die Augen. Als wolle er sterben.

Arnold ist hellwach. Als verstünde er erst in diesem Moment das Zeichen. Er bekommt ein Zucken an der Schläfe, er fühlt eine Angst, dass ihm jetzt auch noch der Hund wegstirbt. Dass ihn alle zurücklassen hier auf dem Berg, auf der Welt. Er beugt sich zum Hund, der röchelt, sein Atem geht schwach, und er bekommt kaum noch die Augen auf.

Arnold reißt die Jacke vom Haken, fasst den Hund unter und trägt ihn aus der Hütte. Ein dichter Schneeregen geht nieder. Unter den nassen Fichten liegt breiiger Nebel. Kaum kann er sich auf den Beinen halten, so schwer wiegt der Hund. Jeder Schritt in dem wässrigen Schnee sticht ihm brutal in den Rücken. Er hätte die Schubkarre nehmen sollen. Verdammt noch mal. Warum hat er nicht daran gedacht?

Aber da hat er schon die Hälfte der dreihundertdreißig Schritte getan.

Bei den Rotbuchen geht ihm schließlich die Luft aus. Da sind auch wieder Stiche in der Brust. Es dauert einen Augenblick, bis er begreift, dass der Pick-up nicht mehr zwischen den Bäumen steht. Er hält den Hund mit einem Arm, schafft es so, die Jacke auszuziehen, wickelt das Tier darin ein und legt es auf einen Stapel Holz.

Hinter den Buchen geht ein Abhang dreißig, vierzig Meter hinab. Und unten gluckert der Bach in der Tiefe. Der Pick-up hat eine Schneise geschlagen, ist geradeaus den Hang hinunter wie auf Schienen. Nun steckt er mit der Schnauze im Bach. Die Hinterräder ragen hoch in die Luft.

Der Hund wimmert und jault in der Jacke.

»Ruhig«, sagt Arnold, »sei ruhig.«

Doch nichts ist ruhig. Ihm rast der Puls, die Furcht um den Hund sitzt ihm tief im Bauch. Das Pochen ist ihm in die Stirn gekrochen. So schnell er kann, läuft er zur Hütte zurück, reißt die Schuppentür auf, zerrt die Schubkarre heraus, holt eine Wolldecke aus der Hütte und läuft mit der Karre zurück zum Hund. Einmal schlägt er hin, der wässrige Schnee fährt ihm unter die Kleidung.

Der Hund zittert. Will noch nicht sterben, will den Kopf hochhalten, doch immer wieder knickt ihm der Schädel weg. Die Augen fallen ihm zu, als Arnold ihn in der Schubkarre fährt. Sie begegnen zwei Wanderern, die über das Tier in der Schubkarre grinsen, und Arnold rast jetzt das Herz wie wild.

»Ich seh's schon«, sagt der Tierarzt.

Arnold schwitzt aus allen Poren, kommt nur langsam wieder zu Luft. Die Frau des Arztes macht Kaffee für ihn und fragt nach seinem Leben dort oben. Arnold ist atemlos und einsilbig, und irgendwann beugt sie sich wieder über ihre Schreibarbeit.

»Und?«, sagt Arnold, als der Tierarzt aus dem Behandlungszimmer kommt, »wie steht es um ihn?«

»Vielleicht kommt er durch. Aber versprechen kann ich's nicht.«

»Kann ich irgendwas für ihn tun?«

»Du kannst deine schlechte Meinung über den Herrgott bereuen und für deinen Hund beten. Das kannst du tun.« Der Tierarzt lacht.

Seine Frau ruft Arnold ein Taxi.

Auf dem letzten Stück zur Hütte schiebt er den Hund mit der Schubkarre weiter. Immer wieder muss er stehen bleiben und um Luft ringen. Und dazu die Gedanken, der Hund könnte sterben. Verdammt noch mal. Er will den Hund nicht verlieren.

Endlich ist er an der Hütte, schließt auf, legt das kranke Tier vor den Kamin. Er weckt den Hund auf, träufelt Wasser in sein Maul und gibt ihm die Spritze.

»Du stirbst nicht, hörst du.«

Mit hohlem Blick sieht der Hund zu ihm auf, schläft weg, schnarcht leise, und Arnold setzt sich zu ihm, dass er das Atmen und Schnarchen bloß weiter hört. Nur einmal in der Nacht verlässt er die Hütte, läuft runter zum Bach, um nach dem Pick-up zu sehen. Es hat noch viel mehr geschneit, ist kälter jetzt, so dass er versinkt bis zu den Knien.

Er leuchtet in den Wagen hinein. Der andere hat das Lenkrad mit einem Ast festgehebelt. So ist der Pick-up geradeaus den Abhang hinuntergerollt. Die Scheibe hinter der Sitzbank ist rausgefallen. Es schneit von hinten auf Lenkrad und Sitze.

Er beugt sich hinein, dreht den Schlüssel im Zündschloss, mit metallischem Rasseln springt der Motor an. Der Wagen hat tiefe Beulen im Blech, die Türspiegel sind abgerissen, eine Lampe ist zerbrochen, aber das jedenfalls wird sich richten lassen. Auch neue Reifen wird der Pick-up brauchen. In jedem von ihnen steckt einer der Bolzen.

## 56

Der nächste Tag. Am Abend fegt ein Eiswind über das Plateau. Er rüttelt an den Bäumen, fährt in den Schnee und drückt ihn gegen die Zäune. Manchmal sinkt Arnold bis zu den Knöcheln ein. Der Schnee dringt ihm bis tief in die Schuhe. Noch ungefähr dreißig Schritte bis zur Jausenstation. Durch Nacht und

Schneegestöber kann er ein schmales Licht aus den Ritzen der Schlagläden schimmern sehen.

Er geht von hinten an die Hütte heran und versucht durch den Spalt zu blicken. Eine Lampe und ein Stück Regal, und manchmal huscht auch ein Schatten durchs Licht.

Bei schwächerem Wind hört er schnelle Musik. Einen stampfenden Rhythmus. Stimmen. Ein Poltern, als fiele etwas Schweres zu Boden.

Er reibt sich die Arme und schüttelt die Beine. Er hätte warten sollen auf besseres Wetter, nicht herkommen sollen um diese Stunde, bei diesem Licht, dieser Kälte, dem Wind und dem Schnee. Und nicht mit diesem Zorn.

Aber als der Abschleppwagen mit dem Pick-up am Haken davonrollte, war er gleich losgelaufen. Und jetzt? Darüber hatte er nicht nachdenken können, viel zu groß war seine Wut gewesen.

Mit einer Stahlwinde hatte der Schlepper den Pick-up aus dem Bach gezogen.

»Wie kann man da reinfahren?«, hatte der Fahrer gefragt.

»Hab zu spät gebremst, es war glatt.«

Der Mann hatte gelacht und Arnold auf die Schulter geklopft.

»Gesoffen hast, gib's zu.«

In der Jausenstation zersplittert Glas. Noch ein Lachen. Ein Fluchen, ein Poltern, dann wieder Lachen. Es hört sich an, als lachte einer mit sich selbst. Arnold wirft einen Holzscheit gegen die Hütte. Er poltert an die Hinterwand und fällt in den Schnee. Nichts geschieht. Er nimmt ein größeres Scheit und schleudert es mit noch mehr Wucht. Jetzt gegen den Fensterladen.

Das Licht erlischt sofort, auch die Musik verstummt. Der

Wind hat gedreht, bläst den Schnee jetzt bergab. Es dauert, bis die Tür geöffnet wird. Darauf hat Arnold gewartet. Dass der andere sich zeigt. Ein Schatten nur, kein Gesicht. Der Griff des Marttiini-Messers liegt warm und leicht in seiner Hand. Der Schatten beugt sich vor, beugt sich über das Geländer. Arnold hält die Luft an, sieht den Schirm einer Kappe. Ein Räuspern. Ein Spucken.

Ein Klicken. Das Flackern von Licht. Zigarettenrauch. Er macht denselben Fehler wie ich, denkt Arnold, er raucht an der Front. Der andere hustet und spuckt wieder aus.

Das Messer ist so leicht. So scharf. Er dreht es ein wenig in seiner Hand. Der Schatten kommt näher heran. Er sieht nicht hin, er riecht den anderen jetzt. Riecht den Tabak. Riecht das Bier. Das helle Leuchten der Glut bei jedem Zug.

Der Griff des Messers hat Einkerbungen, dass die Hand nicht abrutscht, wenn die Klinge auf Widerstand stößt. Auf einen Knochen, eine Rippe, einen Lederriemen, auf was auch immer. Wenn der andere noch näher kommt, einen Schritt nur, sticht Arnold zu. Er zieht Luft durch die Nase, lautlos, und atmet sie genauso lautlos wieder aus.

Der andere bleibt stehen, schnippt die Kippe in den Schnee. Die Glut erlischt. Die Tür fällt ins Schloss. Das Licht geht an, die Musik setzt ein.

Mit steifen Fingern schiebt er das Messer in die Scheide. Der Wind hat seine Spuren verweht. Vielleicht wird über Nacht aus dem Wind noch ein Sturm. Der Wald steht schwarz wie ein glänzendes Meer mit Schaumkronen aus Schnee auf den Fichtenwipfeln. Er taucht in das Meer, folgt dem tanzenden Licht seiner Lampe, zum Kaminfeuer, zum Hund, dem Radio.

Er hat einen Kriegsplan jetzt. Und wird diesen Plan erfüllen.

# 57

Am Morgen sieht er die schneebedeckte Wiese und denkt darüber nach, wo er den Hund begraben könnte. Vielleicht sollte er die Skulpturen wieder aufstellen lassen zu einem Kreis und ihm in der Mitte das Grab schaufeln.

Doch der Hund ist nicht tot. Noch liegt er am Kamin, winselt flach und hechelt dünn, die Augen fest geschlossen. Arnold beugt sich herab, spritzt ihm die Medizin. Der Hund lässt den Nadelstich zu, ohne Regung. Schläft dem Tod oder dem Leben entgegen.

Es ist noch Herbst eigentlich, aber doch schon frostig wie im tiefen Winter. Der Schnee knirscht unter seinen Sohlen. In der Nacht hat der Wind am Hochsitz gezerrt, bis eine Seitenwand brach und die Bretter herabfielen. Arnold war davon aufgewacht und hatte danach keinen Schlaf mehr gefunden. Als er so dem Morgen entgegendämmerte, bedachte er noch einmal seinen Plan und fand keinen Grund dagegen.

Er hat die Nägel aus all den Brettern gezogen, die noch zu gebrauchen waren. Im Schuppen war ein Stapel trockenes Holz. Das hat er zurechtgesägt. Die Bretter anzuschlagen, ist keine schwere Arbeit. Die Kälte macht ihm die Finger klamm. Manchmal fällt ihm ein Nagel aus der Hand, bevor er ihn ins Holz treiben kann. Ein geschickter Handwerker war Arnold nie. Karen machte sich lustig, wenn er einen Schrank aufstellte, ein Bild befestigte oder eine Wand streichen wollte. Man sah den fertigen Arbeiten ja immer die Arbeit des Laien an. Aber seit Arnold auf dem Berg lebt, hat er einiges Geschick entwickelt. Karen würde staunen.

Der Wind schwächt ab. Der Wald ist schwarz und schweigend. An manchen Tagen ist er ihm vertraut wie ein Garten.

Heute aber sieht er feindlich aus, es knirscht und stöhnt und rauscht.

Er hält das letzte Brett an den Pfosten, holt aus, trifft den Nagel sogar, aber gleichzeitig fegt wieder ein scharfer Schmerz durch seine Brust, ein spitzes Messer zerteilt ihm das Herz. Da ist ein Blitz in seinem Kopf, er kann den Hammer nicht halten. Das Werkzeug stürzt in die Tiefe. Er klammert sich am Pfosten fest und atmet durch einen schmalen Mund. Er kann nicht aufrecht bleiben, kniet nieder vor Schmerz, als betete er um Gnade und Vergebung, kniet nieder auf dem feuchten Holz, die Stirn schon wieder am Boden. Das Feuer in seiner Brust brennt schlimmer als beim letzten Mal, lässt Arnold frieren, lässt ihn schwitzen, zittern und stöhnen. Vielleicht ist es der letzte Schlag jetzt, vielleicht soll es so sein, dass er und der Hund heute sterben.

Irgendwann, als Arnold sich schon damit abgefunden hat, kriecht der Schmerz aus ihm heraus, schleicht sich davon, lässt ihn zurück wie betäubt.

Er rollt auf den Rücken, auf das nasse Holz, blickt durch den Sehschlitz in den Himmel. Der Wind bewegt das blattlose Geäst, und hinter den Wolken schimmert die Sonne. Dann glaubt Arnold, den Hund aus der Hütte zu hören.

Als er wieder hochkommt, ist er starr vor Kälte. Er zieht sich am Geländer hoch, sein Körper schweißfeucht unter Jacke und Hose. Rückwärts geht er an die Leiter, hält sich fest mit beiden Händen, steigt mit steifen Beinen herunter, steif wie ein Greis, tastet mit den Füßen nach jeder Sprosse, lehnt sich an, als er endlich den Boden spürt.

»Grüß Gott.«

Er dreht sich nicht gleich um nach der Stimme in seinem

Rücken. Durch die Sprossen der Leiter sieht er in den schwarzen Wald. Bestimmt ist es ein Wanderer, der nach dem Weg fragen will.

»Grüß Gott.«

Der Mann lehnt am Gatter. Er trägt einen dunkelblauen Pullover mit Wappen über dem Herzen. Erst als Arnold näher herankommt, sieht er die Pistole am Gürtel, die dunkelblaue Wintermütze, deren Ohrenklappen nutzlos herunterbaumeln.

»Ist dir nicht gut?«, fragt der Mann.

»Wieso?«

»Es schaute so aus.«

»Nein, alles okay.«

»War das der Sturm?«, fragt der Polizist und nickt in Richtung der zerbrochenen Bretter. »Im Dorf hat's sogar die Ziegel von der Kirche gefegt.«

»Mmh.«

»Können wir reingehen zu dir bei der Kälte?«

»Lieber nicht«, sagt Arnold, »der Hund ist krank. Er erschreckt sich, wenn er einen Fremden sieht. Tut mir leid.«

»Passt schon«, sagt der Polizist und bläst Atemluft in seine Fäuste, »wegen deinem Hund bin ich da. Der Tierarzt sagt, es wurde auf ihn geschossen. Mit einem Bolzen, oder?«

»Ja.«

»Hast du den noch?«

»Leider nein.«

»Warum hast es denn nicht angezeigt?«

»Warum sollte ich?«

»Du hast keine gute Meinung von der Polizei, stimmt's?«

Der Mann ist vielleicht fünfundzwanzig. Ein Junge aus der Provinz vermutlich, der noch nicht viel weiß vom Leben, aber stolz ist, eine Uniform zu tragen und Fragen stellen zu dürfen.

»'s treiben sich merkwürdige Subjekte herum«, sagt er und zieht ein Notizbuch aus der Hosentasche, »brechen in die Hütten ein und wildern.«

»Ich werd die Augen aufhalten.«

»Besser wär's. Bei dir ist aber nicht eingebrochen worden in die Hütte, oder?«

»Nein, nicht.«

»Hast Glück gehabt«, sagt der Polizist, »einige andere Hütten hat's erwischt.«

Eine Böe zerrt an seiner Kappe. Der Mann hält sie fest. Der Wind blättert in seinem Notizheft.

»Und weißt was von einem Feuer oben am Berg? 's hat gebrannt. Ein Zeltplatz. Ein Illegaler.«

»Nein, davon weiß ich nichts.«

»Du müsstest den Rauch gesehen haben von hier«, sagt der Mann und sieht den Berg hinauf.

»Nein, ein Rauch war da nicht.«

»Mmh«, sagt der Mann und schreibt in sein Heft, »und was ist mit deinem Auto passiert? Der Abschlepper sagt, er hat's für dich aus dem Bach gezogen.«

»Mein Fehler. Ich hab die Handbremse nicht angezogen.«

»Die Handbremse«, sagt der Polizist, er schüttelt den Kopf und lächelt. »Dann ist dein Wagen also zuerst nach oben gerollt und dann den Hang hinunter.«

»Vielleicht hatte ich zu weit vorne geparkt. Es war stockfinster.«

»Ach so, verstehe. Und warum ist er dann schnurgerade runter? Wieso hat's ihm nicht das Lenkrad verschlagen bei den Wurzeln und Steinen da?«

»Keine Ahnung, versteh ich auch nicht.«

Der Polizist klappt sein Notizbuch zu. Steckt es ein. Lächelt, saugt an seinem Kuli, als sei es eine Zigarette. Eine lächerliche Geste, denkt Arnold, als der Mann den weißen Atem aushaucht wie Zigarettenrauch.

»Hast einen Verdacht, wer den Bolzen auf deinen Hund geschossen hat?«

»Nein, habe ich nicht.«

»Mmh.«

»Aber ich muss jetzt nach dem Hund sehen. Er braucht seine Medizin.«

»Passt schon«, sagt der Polizist.

Er tippt sich an die Kappe, wendet sich zum Gehen.

»Ich mach bei der Gemeinde Meldung. Dass sie die Steine aus dem Weg räumen. Zu dir herauf ist's ja wie ein Slalom.«

»Nett von Ihnen«, sagt Arnold.

»Passt schon. Die Polizei ist besser, als du denkst.«

Der Mann lacht wie ein Junge, der einen Witz gemacht hat, und geht mit einem Winken davon. Als Arnold an der Veranda ist, hat der Wald den Polizisten verschluckt.

## 58

Sie hat ein anderes Gesicht. Wenn einem Menschen etwas Schlimmes passiert im Leben, dann kann sein Gesicht alles Weiche verlieren. Oder auf einen Schlag altern.

Arnold sieht ihr entgegen, als sie durch den Windfang in das Café kommt. Er steht auf und winkt. Jetzt sieht sie ihn auch. Die letzten Schritte läuft sie, fliegt in seine Arme. Ihre Augen schwimmen in Tränen. Sie legt den Kopf an seine Brust, und er glaubt, das Klopfen ihres Herzens erschüttere ihren ganzen Körper.

»Ich freue mich so, dich zu sehen«, sagt Sandra.

»Ja«, sagt Arnold, »ja.«

Am Tisch nimmt sie seine Hand. Der Kellner notiert ihre Bestellung. Sie fragt nach seinem Leben auf dem Berg. Als er vom Hund spricht, von der Verletzung und dem Fieber, sieht sie erschrocken aus. Der Kellner bringt den Kaffee. Sandra rührt Zucker ein. Nimmt einen Schluck. Dann ist sie bei Chris.

»Am liebsten hat er mich Baby genannt. So wie die coolen Typen in den Ami-Filmen ihre Mädchen nennen«, sagt sie und lacht.

»Ja, Chris liebte das. Er hat uns ja auch Mom und Dad genannt. Das hatte er auch von den Filmen.«

»Aber in Wirklichkeit war er furchtbar schüchtern. Wir hätten uns beinahe gar nicht kennengelernt, so schüchtern war er. Kennst du die Geschichte?«

Natürlich, denkt Arnold. Immer wieder haben die beiden sie erzählt, an Weihnachtsabenden, Geburtstagen, den Sonntagskaffees.

»Nein, erzähl mal«, sagt er.

Sie lächelt. Sie hat schöne Erinnerungen jetzt. Sie und Chris in einem Kino. Der Geruch von Popcorn und Käse-Nachos. Ein furchtbar schlechter Actionfilm. Das Gegenteil von Action. Also langweilig. Arnold sieht Sandra an, als hörte er ihre Geschichte zum ersten Mal, und als sie sagt, dass Chris sich nicht traute, sie in dem Kino anzusprechen, lächelt er und schüttelt ein wenig den Kopf.

»Und dann«, fragt er, »wie ging es weiter?«

»Am nächsten Tag bin ich wieder in den Film rein und Chris auch. Zwei Verliebte, ein Gedanke. Und da hat er sich ein Herz gefasst und zu mir gesagt: ›Na, guckst du dir den Film auch noch mal an?‹ Und ich habe gesagt: ›Ja, vielleicht gefällt er mir dann besser als beim ersten Mal.‹«

»Ein wunderschöner Anfang für eine Liebesgeschichte.«

»Sag nicht so was, dann muss ich gleich heulen.«

»Das wollte ich nicht.«

»Du kennst die Geschichte, stimmt's? Ich habe sie schon hundert Mal erzählt. Aber ich rede einfach total gern von Chris. Und jedes Mal denke ich, gleich kommt er zur Tür herein und sagt, hey, Baby, da bin ich wieder.«

Sie weint jetzt, blickt aus dem Fenster, und Arnold schließt die Augen. Schluckt an dem Kloß in seinem Hals. Schluckt und schluckt.

»Prego«, sagt der Kellner, »zweimal die Himbeertorte.«

Für einige Bissen ist Stille zwischen ihnen beiden. Sie hat sich die Tränen abgewischt und lächelt nun.

»Es schmeckt toll«, sagt sie. »Du gehst bestimmt öfter her, oder?«

»Sehr oft sogar«, sagt er.

In der Einfahrt des M-Marktes rangiert ein Lastwagen. Der Ski-Bus kommt nicht vorbei, muss warten. Im Bus drei Fahrgäste. Was einem so auffällt.

»Arnold, ich bin hier, weil ich dich um etwas bitten möchte. Es ist mir sehr wichtig, weißt du?«

Er ist doppelt so alt wie sie, und vermutlich liegt es an dem Vorsprung von Jahren, dass er ahnt, worum Sandra ihn bitten wird.

»Mein Gott, wo fange ich bloß an? Es geht um die letzte Nacht mit Chris. Da hat er etwas Schönes und gleichzeitig Trauriges gesagt.«

Sie sieht ihn an, zieht die Stirn in Falten. Als habe sie plötzlich Zweifel bekommen, ob es richtig war, ihn zu treffen.

»Ich weiß gar nicht, ob du das überhaupt hören möchtest«, sagt sie leise.

Nein, ich will es nicht hören, denkt Arnold. Will nichts hören. Er nickt. Lächelt. Nimmt ihre Hand.

»Sag's ruhig«, sagt er.

»Okay. Chris hat zu mir gesagt: ›Baby, ich will nicht, dass es einer schafft, dich und mich mit einer einzigen Kugel zu erschießen.‹« Sie sieht ihn an, zieht die Schultern hoch. »Im ersten Moment hab ich gar nicht richtig verstanden, was er damit meinte.«

»Es hört sich nach Chris an. Er hat sich ja immer Gedanken über die anderen gemacht.«

»Ja, das hat er. Aber ich habe gesagt: ›Ich will nicht, dass du so etwas sagst, Chris, ich will es nicht.‹«

»So was hört keiner gern.«

Sandra nippt an ihrem Kaffee. An ihrer Halsbeuge ist eine Tätowierung. Fünf Buchstaben. *CHRIS*. Der i-Punkt ist ein Herz. Sie bemerkt seinen Blick und zieht den Kragen ihres Shirts ein wenig herunter.

»Ich hab's mir letztes Jahr stechen lassen, damit ich ihn immer bei mir habe.«

»Das wird ihn freuen.«

»Ich habe mir die ganze Zeit eingeredet, ihm passiert schon nichts.«

»Das haben wir alle getan, Sandra.«

»Es geht noch weiter, Arnold«, sagt sie. »Chris wollte, dass ich ihm etwas verspreche.«

Sie blickt aus dem Fenster. Ihr Kinn zittert. Sie beißt sich auf die Lippen.

»Du bist sein Vater und du bist der Erste, dem ich das erzähle, Arnold.«

Ihre Augen flackern. Sie zieht die Lippen in den Mund.

»Und was solltest du ihm versprechen?«

»Ich sollte ihm versprechen, dass ich mir einen anderen nehme, wenn er nicht zurückkommt.«

Arnold schließt die Augen. Hört nichts mehr von dem Café. Er hat es geahnt, und trotzdem kriecht der Kloß wie ein trotziger Frosch durch seinen Hals. Einen verdammt guten Jungen hatte er. Verdammt gut.

»Es hat mir Angst gemacht, ich konnte ihm das nicht versprechen. Und dann hat Chris gesagt: ›Okay, Baby, vergiss es, mir passiert schon nichts. Ich komme zurück. Ich verspreche es dir hoch und heilig.‹«

»Er war ein guter Junge«, sagt Arnold. »Ein verdammt guter.«

»Du kannst sehr stolz auf ihn sein«, sagt sie.

»Das bin ich.«

»Es gibt keinen Besseren als Chris.«

Tränen rollen über Sandras Gesicht. Er legt einen Arm um sie, bis das Weinen vorüber ist.

»Und jetzt ist da ein anderer?«

»Ja.« Sie berührt ihre Tätowierung. Lächelt.

Und Arnold? Fühlt sich leer und verloren und verlassen. Die Geräusche sind ihm zu laut. Das Lachen der Kinder, der Sportreporter, das Geklapper der Eisbecher, das Zischen und Fauchen vom Espressomachen.

»Ich wollte dich fragen, ob du was dagegen hast.«

»Sandra, das musst du mich doch nicht fragen, du bist …«

»… ich weiß, dass ich es nicht muss«, sagt sie, »aber ich *will* dich fragen, verstehst du? Du bist sein Dad.«

Ja, er ist sein Dad. War sein Dad. Perfekt, nicht Präsens. Arnold nickt, sieht über Sandra hinweg, sieht hin zur Theke, wo der Kellner eine Zigarette raucht und auf den Fernseher sieht. Sie zeigen ein Fußballspiel. Der Büfettier spült Eisbecher.

»Du bist noch jung, Sandra, viel zu jung für eine Witwe.«

Jetzt ist sie es, die die Augen schließt, sich zurücklehnt. Wieder Tränen.

»Das hat Chris auch gesagt, genau so, mit diesen Worten«, flüstert sie.

Sie umarmt ihn. Er riecht ihr Parfum, ihr Shampoo. Sein Herz. Es scheint zu stolpern. Scheint für ein paar Takte aus dem Rhythmus zu geraten. Er möchte aufstehen. Auf die Straße gehen. Den Rhythmus zurückgewinnen. Die kalte Luft atmen. Er will nichts mehr hören.

»Ich bin wirklich eine alte Heulsuse«, sagt Sandra und wischt sich eine Strähne aus der Stirn. »Aber jetzt fällt mir ein riesiger Stein vom Herzen.«

Arnold sieht zum Kellner. Der schaut auf den Fernseher. Verschwindet in der Küche. Die Tür schwingt hinter ihm auf und zu. Unter der Küchendecke hängen Neonröhren wie Heiligenscheine.

»Du hast es wunderschön hier«, sagt Sandra und blickt auf das Gebirge, das sich schneebedeckt über dem Tal erhebt. »Alles so ruhig und friedlich.«

»Ja, das ist es«, sagt er.

»Und wo genau wohnst du?«

Er zeigt auf den Berg, zeigt irgendwohin. Der Schnee liegt schwer auf den Kuppen, will über die Felskanten gleiten. Weiter unten ist der Schnee schon von den Tannen gerutscht. Das Licht im Café erlischt. Der Kellner stößt die Schwingtür auf. Er trägt einen riesigen Eisbecher mit Wunderkerzen an den Tisch eines jungen Paars.

»Oh«, ruft das Mädchen, dem der Eisbecher gilt, es lacht

und klatscht in die Hände. Ihr Freund lacht mit, und auch die anderen Gäste klatschen.

»Wie schön«, sagt Sandra, »jetzt hoffe ich nur noch, dass dein Hund wieder gesund wird. Dann wird alles wieder gut.«

»Zahlen«, sagt Arnold.

Nein. Er sagt es nicht. Er wollte es sagen. Wollte es gerade so laut sagen, dass es der Kellner hört. Aber dann hat er es gerufen. Vielleicht sogar geschrien. Schon wieder. So laut, dass die Gespräche und das Gelächter an den anderen Tischen verstummen und da nur noch die Stimme des Fußballreporters bleibt und das Zischeln der Wunderkerzen. Sandra weiß nicht, was sie tun soll, sie sieht auf ihre Füße.

Später stehen sie auf der Straße und frieren. Die Luft ist feucht und grau von einem Dunst, der wie eine verirrte Wolke durch das Dorf schwebt.

»Ja dann«, sagt Sandra und drückt ihm einen Kuss auf die Wange. »Pass auf dich auf.«

»Du auch«, sagt er.

Beim M-Markt dreht sie sich noch einmal nach ihm um. Sie winken einander. Er macht einen Schritt in die Einfahrt des Hotels, dass Sandra ihn nicht länger sieht. Sie geht schneller, läuft zum Parkplatz an der Kleingolfanlage. Als sie bei einem weißen Ford anlangt, steigt der andere aus und umarmt sie.

»Komm schon«, sagt Arnold.

Erst da fällt ihm ein, dass er den Hund auf der Hütte gelassen hat.

# SECHSTER TEIL

## 59

Am Morgen stellt das Tier sich endlich wieder auf. Arnold ist erleichtert, auch wenn der Hund sich quält und zittert, als stemmte er sich gegen einen Eissturm. Dabei ist es warm in der Hütte, fast zu warm sogar, die Glut hat sich über Nacht im Kamin gehalten.

Beinahe hätte er gar nicht bemerkt, dass der Hund auf die Beine gekommen ist. Er mag das Aufwachen ja nicht, die Momente zwischen dem unschuldigen Schlaf und dem ernüchternden Wachsein. Meist hält er nach dem Aufwachen die Augen geschlossen, solange es geht, während er darüber grübelt, ob er sich für einen glücklichen oder einen verzweifelten Menschen halten kann.

Erst als der Hund winselte und schnaubte, weil er gelobt werden wollte, wo er doch endlich wieder auf eigenen Beinen stand, öffnete Arnold die Augen.

»Dann komm doch her.«

Mit steifen Beinen stakst der Hund herbei, hält den Rücken gebogen, wie es sonst nur Katzen tun. Er schmiegt sich an seine Hand, lässt sich das Fell kraulen, legt sich neben das Bett. Arnold öffnet den Laden, stellt das Fenster eine Handbreit auf. Kalt strömt die Luft herein.

Er kriecht wieder unter die Decke, streckt sich aus, lässt die Fingergelenke knacken. Das hat er als Kind schon so gemacht. Dass er morgens aufsprang, in die Kälte jenseits des Bettes, nur um rasch wieder unter die Decke zu kriechen, der Nachtwärme nachzuspüren, für ein paar Minuten noch sich auszustrecken, die Fingergelenke knacken zu lassen, den Geräuschen aus der Küche zu lauschen, die traurige Stimme seines Vaters zu hören, das heitere Plappern seiner Mutter, die seine Stimmung aufhellen wollte, und dazu noch Musik und Nachrichten aus dem Radio.

Der Schnee scheint waagerecht zu fallen. Wind treibt ihn von einer Seite des Fensters zur anderen. Es muss seit Stunden schneien. Die Statuen wölben die Schneedecke auf, die Bäume können kaum die Äste halten unter der Last des Schnees.

Arnold nimmt die Postkarte in die Hand. Er weiß nicht, was er davon halten soll. Sie steckte unter der Tür, als er aus dem Dorf zurückkam. Wieder ein Schwarzweißfoto. Ein Bild aus einer versunkenen Zeit. Ein Hochplateau, eine dichte Schneedecke bis auf die Spitzen der Berge hinauf. Auf dem Dach einer Hütte eine meterhohe Schneekruste, nahe beim Fotografen ein lachendes Mädchen auf klobigen Skiern, in Kittelschürze und mit Wollmütze, mit krummen, handgeschnitzten Stöcken, sich eine Bahn suchend durch den tiefen Schnee.

*Sie sind immer noch ein netter Mensch, auch wenn ich nur Ihren Hund antreffe. Anne.*

Auf diese Karte hat sie eine Telefonnummer geschrieben. Die Ziffern sind verwischt von einem Wassertropfen oder einer Schneeflocke, aber noch lesbar.

»Guter Hund«, sagt Arnold, als der das Maul in den Napf senkt und endlich frisst.

Er schiebt die Karte unter den Bücherstapel und verbringt den Vormittag damit, das Gewehr zu reinigen. Auf dem Regal des Bildhauers hat er ein Büchlein über Jagdgewehre gefunden. Manche Seiten sind aus dem Leim gebrochen. Als er das Buch aufblättert, rieseln Tabakkrumen und Asche heraus.

Er ist wieder verblüfft, wie schwer das Gewehr ist. Es liegt an dem Schaft aus Nussbaum. Ihm fehlt auch der Vergleich. Wann hat er denn schon jemals ein Gewehr in den Händen gehalten? Ein einziges Mal im Leben hat er geschossen. Als Jugendlicher auf dem Rummelplatz. Mit dem Druckluftgewehr auf bunte Ballons. Das Gewehr des Bildhauers aber hat vermutlich Rehe, Hirsche und Wildschweine erlegt. Vielleicht wurden damit auch Menschen getötet. Wer weiß das schon. Einem Gewehr ist das nicht anzusehen.

In dem Buch steht, durch Verschmierungen und Verbrennungsrückstände werde die Präzision der Waffe beeinträchtigt. Bei ungenügender Reinigung könne sich der Schlagbolzen festfressen. Das Gewehr sei möglichst bei warmem Lauf zu reinigen. Und so weiter. Arnold hat im Dorf ein Spray gekauft, Wattestäbchen, Pfeifenreiniger, ein Baumwolltuch. Er lässt sich Zeit, hört im Radio eine Sendung über einen Sänger aus Ghana. Grillen zirpen, Trommeln schlagen, die afrikanische Hitze knistert, während vor dem Fenster die Schneeflocken treiben wie ziellose graue Motten.

Der Hund hat sich vor den Kamin gelegt. Selbst im Schlaf wirkt er lebendiger als gestern noch.

Bevor Arnold das Gewehr in einen Hohlraum unter den Dachbalken schiebt, füllt er das Magazin. Zehn Patronen. Das Versteck hat er vor einigen Tagen erst angelegt. Falls der andere angreift, muss Arnold nur auf den Stuhl steigen und kann die Waffe mit einem Griff herausnehmen.

Auf der Umrandung der Veranda ruht eine Kruste aus verharschtem Schnee. Die Luft ist kühl und erfrischend. Eine friedliche Stille über allem. Aber so eine Stille kann trügerisch sein. Ein einzelner Schuss aus der Deckung des Waldes, und es zerreißt die Stille und jeglichen Frieden.

Nicht, dass Arnold sich fürchtet. Es ist nur eine Möglichkeit. Weshalb er sich hinter die Umrandung der Veranda duckt, um kein leichtes Ziel zu sein. Nein, er hat keine Angst. Er hat einen Plan und wird ihn erfüllen.

Komm schon, komm her, komm aus der Deckung und lauf in dein Verderben.

Doch alles bleibt still und friedlich. Gegen Mittag treibt der Wind die Wolken auseinander. Die Sonne kommt durch. Ein klarer, nichts als blauer Himmel reicht bis an den Horizont. Als Arnold in das unendliche Blau blickt, glaubt er, dieselbe Klarheit zu haben wie der Himmel. Seit zwei Jahren ist er mit dem Hund auf dem Berg. Aber diese Klarheit hatte er noch nie.

Er zündet sich eine Zigarette an, zieht das Nikotin tief in die Lunge. Bis er hustet. Er ist ja kein geübter Raucher. Und ein Krieger ist er auch nicht. Er ist ein Lehrer, der ein wenig Pech hatte im Leben.

Er lächelt, raucht die Zigarette zu Ende. Der Wind schleicht sich unter seine Jacke. Ein Güterzug faucht durchs Tal und wirbelt den Schnee vom Gleis. Der Hund kommt nach draußen, schmiegt sich an Arnolds Beine, sieht durchs Geländer, winselt, als sei er erleichtert, die Schönheit der Welt betrachten zu dürfen, statt von einer Spritze des Arztes zu sterben.

Arnold hört sich lachen jetzt. Das Lachen geht weit hinaus und bekommt ein Echo. Ein fremdes, unbekanntes Lachen. Vielleicht ist es auch ein Tier, das auf sein Lachen die Antwort gibt. Was Arnold nur lauter lachen lässt.

# 60

Später, als der Abend kalt und dunkel heraufdrängt, löffelt er dem Hund das Fressen in den Napf. Gierig schlingt das Tier die Fleischbrocken herunter. Gut so. Er zieht den Anorak über, schlüpft in die Schneeschuhe, nimmt Mütze und Handschuhe aus dem Schrank. Der Hund humpelt auf und ab, wedelt mit dem Schwanz. Will dabei sein.

Besser nicht. Arnold wirft einige Scheite ins Feuer. Schnell schlingen sich die Flammen ums Holz, lassen es prasseln und schwitzen. Er rollt den Tennisball unters Bett. Der Hund jagt ihm nach, verschwindet mit den Vorderpfoten bis zum Schädel unter dem Gestell, muss niesen vom Staub. Arnold zieht die Tür hinter sich zu. Der Hund bellt wie von Sinnen jetzt.

Schwarze Nacht. Ein pulvriger Schnee liegt locker auf. Frost. Hin und wieder lässt Arnold die Taschenlampe leuchten. Er atmet gleichmäßig und konzentriert. Zweifel, die ihn davon abhalten könnten, seinen Plan zu erfüllen, hat er nicht.

Der gefrorene Schnee knirscht unter den Sohlen. Das Knirschen ist lauter als das Klopfen eines Spechts, lauter als das Flattern der Krähen, das Knacken und Ächzen der Bäume. Der Bach gluckert, an den stilleren Stellen hat sich Eis gebildet.

Aus der Ferne schon sieht er das Licht durch die Ritzen der Läden schimmern. Eine dürre Rauchfahne kriecht aus dem Kamin der Jausenstation. Der andere muss dumm sein oder sich zu sicher fühlen, dass er den Kamin befeuert hier an der Front, dass er raucht und das Licht brennen lässt. Glut und Rauch und Licht.

Arnold geht gebückt, hält sich abseits des Weges. So schleicht er von hinten an die Hütte heran. Einmal stolpert er über einen Draht, der sich unter dem Schnee versteckt. Der

Mond ist halbvoll, gibt bloß ein mattes Licht. Die Schatten der Tannen auf dem Schnee.

Windstill ist es auf dem Plateau. Irgendwo schreit ein Vogel. Arnold drückt sich eng an die Hütte. Er riecht das Holz und hört die Musik. Den monotonen Rhythmus. Hin und wieder erhebt eine Frau die Stimme und singt. Er presst die Stirn an den Fensterladen, doch der Spalt ist zu schmal. So sieht er nur einen Schatten das Licht durchqueren.

Er zieht die Flasche aus dem Rucksack, verspritzt die Flüssigkeit über den Bohlen. In den Sommern sitzen dort die Wanderer und verzehren ihre Brotzeit. Für einen Moment verstummt die Musik, zwei, drei Sekunden Stille, in denen auch Arnold sich nicht bewegt. Dann stampft der nächste Beat. Er stopft das Tuch bis zur Hälfte in den Flaschenhals, entzündet den Stoff, der überhängt wie ein Docht.

Er geht ein paar Schritte rückwärts, dann wirft er die Flasche mit dem brennenden Docht auf die Veranda. Wo sie zersplittert. Im selben Augenblick ist da ein Fauchen. Die Flamme fegt flach über den Boden. Ein Raubtier von Flamme. Er geht schneller. Muss lachen. Alle paar Meter schaut er zurück. Es genügt dem Raubtier nicht, das Benzin vom Boden zu lecken. Das Flammentier will mehr. Es leckt an der Tür, dem Fensterrahmen, kriecht bis zur Dachrinne hinauf. Glas platzt, Scherben regnen.

Er geht schneller jetzt, lacht immer mehr, geht in seinen Fußstapfen den Weg zurück, den er herkam. Die Flammen sind von der Veranda bis auf das Dach der Hütte gekrochen, wollen weiter, wollen mehr, vielleicht ja auch noch den Himmel entzünden. Das Vordach der Jausenstation fällt zusammen, reißt ab, stürzt zu Boden und bläst eine Feuerwolke in den Schnee.

Arnolds Augen tränen vom Rauch, seine Haut brennt vor

Kälte, seine Finger riechen nach Benzin. Sein Herz läuft in ungestümem Takt. Es ist das Gegenteil von Schmerz. Ein Hochgefühl. Adrenalin.

Im Wald folgt er dem Weg am Bach, das Feuer auf dem Plateau schimmert zwischen den Fichten und Sträuchern wie eine ferne, flirrende Sonne. Wieder muss er lachen. Er hatte das Lachen beinah schon verlernt. Vielleicht aber ist es auch nur ein Zeichen, dass er bald verrückt wird. Oder ist er es? Wie lässt sich das unterscheiden?

Er will rufen, er will schreien.

*Leg dich nicht an mit einem wie mir. Der Stärkere besiegt den Schwächeren. So geht es im Krieg.*

Er schreit es heraus. Es ergibt keinen Sinn, es sind bloß Laute, wie von einem Tier. Und er fühlt sich ja auch wie ein Tier. Er belacht seine Chorknabenstimme. Vor seinen Rufen fliehen selbst die Vögel aus den Bäumen.

Der Hund bellt, als er die Tür aufschiebt, bellt mit zurückgeworfenem Kopf.

»Ist ja gut«, sagt Arnold und tätschelt ihm das Fell.

Er wirft Holzscheite ins Feuer, zieht sich aus, legt sich hin. Ist heiser vom Schreien und Lachen. Das also war sein Plan.

»Komm her«, sagt er, »nun komm schon her.«

Der Hund springt aufs Bett, rollt sich am Fußende zusammen. Arnold hebt den Arm, streckt den Zeigefinger aus und zielt auf das Fenster. Ein schwarzes glänzendes Nichts. Er konzentriert sich auf den Finger, dass er ihn ruhig hält, dass er sich nicht mehr bewegt.

Dann drückt er ab.

# 61

Die Kiesgrube, die Kläranlage, aber auch die Tischlerei, der Steinmetz und die Autowerkstatt, befinden sich hinter einem meterhohen Erdwall am Rand des Dorfes. Der Wall ist dicht bewachsen von jahrzehntealten Tannen. Vermutlich wurden sie gepflanzt, als der Gemeinderat beschloss, die Milchwirtschaft aufzugeben und das Dorf zu einem Ferienort zu machen.

Der Tag ist hell. Gemächlich schieben sich Wolken von Norden nach Süden. Der Himmel zeigt ein unsicheres Blau. Das Wetter könnte noch umschlagen heute. Über den Hund ist Arnold verwundert. Er springt umher, humpelnd zwar, aber so munter, als sei er nie verletzt gewesen. Über die Landesstraße ziehen die üblichen Karawanen aus Reisebussen, Lastwagen mit Nachschub für die Supermärkte und Autos mit Skiboxen auf den Dächern.

Arnolds Pick-up steht mit geglätteter Karosserie und neuer Scheibe auf dem Werkstatthof bereit. Im Büro beugt sich ein junges Mädchen über die Tastatur eines Computers. Das Mädchen ist bleich und sieht kaum auf, als er hereinkommt. Aus dem Radio plärren die neuesten Hits.

»Wenn Sie sich noch etwas gedulden könnten«, sagt das Mädchen, »der Chef ist zu einer Probefahrt draußen.«

Arnold blättert eine Autozeitschrift auf, das Mädchen lächelt dem Hund zu, und als der Chef länger auf sich warten lässt, geht es in die Teeküche, lockt den Hund mit einer Scheibe Wurst. In einer einzigen Bewegung springt er dem Mädchen an die Hand und schlingt die Wurst herunter.

»Einen schönen Hund haben Sie.«

»Danke.«

»Der Chef muss jeden Augenblick kommen.«

»Wäre gut.«

»Mögen sie einen Kaffee?«

»Gern.«

Das Mädchen stellt ihm gerade die Tasse hin, als auf dem Parkplatz vor dem Fenster ein Auto hält. Der Polizist trägt dieselbe Fellmütze wie beim letzten Mal. Die Tür geht auf, er grüßt in den Raum. Das Mädchen schaltet das Radio ab und versteckt den Kopf hinter dem Monitor.

»Danke, dass du auf mich gewartet hast«, sagt er zu Arnold.

Hinter dem Mann drängt ein Schwall kalter Luft herein. Er schließt die Tür, nimmt die Mütze ab, legt sie auf den Stuhl.

»Ich habe gar nicht auf Sie gewartet«, sagt Arnold.

»Gut ist's trotzdem. Dann muss ich nicht zu dir herauf.«

»Was gibt's denn?«

»Hast das Feuer gesehen?«

»Welches Feuer?«

»Letzte Nacht auf der Jausenstation. Ist nicht viel übrig geblieben davon.«

»Von einem Feuer weiß ich nichts.«

»Müsstest du aber. Deine Hütte ist am nächsten dran an der Station.«

Arnold legt die Zeitschrift auf den Stapel zurück, zieht den Hund an sich heran, klopft ihm den Hals. Der Polizist holt das Notizbuch hervor.

»Geht's deinem Hund wieder gut?«

»Zum Glück«, sagt Arnold.

»Die Kriminalen sagen, es war Brandstiftung. Mit einem Molotowcocktail. Weißt, was das ist?«

Arnold missfällt der Ton des Polizisten. Aber er zeigt es ihm nicht. Er zeigt ihm lieber ein Lächeln.

»Irgendwo hab ich's mal gehört.«

Der Mann nickt. Freut sich, etwas zu wissen, was Arnold nicht weiß. Sieht zu dem Mädchen, ob auch sie zu ihm herschaut. Er fährt sich durchs Haar, nickt wieder und erklärt, was ein Molotowcocktail ist.

»Ist doch seltsam, dass hier so was geschieht, oder?«

»So etwas kann überall passieren.«

»Ich dacht immer, hier nicht. Hier ist doch das Paradies, oder?«, sagt der Polizist und lacht.

»Das habe ich nie gedacht.«

»Erst das Zelt da oben, dann die Jausenstation. Vielleicht ist bald auch bei deiner Hütte Feuer.«

»Das will ich nicht hoffen.«

»Hast einen Verdacht, wer so ein Feuer legt?«

»Hätte ich einen, ich würd's Ihnen sagen.«

»Nett von dir«, sagt der Mann, er lächelt und schlägt das Notizbuch auf.

Er schreibt langsam wie ein Kind, das Schönschrift übt.

»Wenigstens ist kein Mensch verbrannt auf der Jausenstation«, sagt der Polizist.

»Warum sollte dort jemand sein? Die Hütte macht doch erst im Frühjahr wieder auf.«

»Es war aber einer drin in der Hütte. Vermutlich ein Illegaler. Wir haben Zeug gefunden von einem, der da nichts verloren hat.«

»Was denn für ein Zeug?«

»Ich darf's dir nicht sagen, es ist geheim bis auf das hier«, sagt der Polizist und öffnet die Hand. »Kennst das?«

»Schaut aus wie ein Bolzen, oder?«

»Der Tierarzt sagt, mit so einem Ding wurde auf deinen Hund geschossen.«

»Kann schon sein«, sagt Arnold, »so genau habe ich's mir nicht angesehen.«

»Man nimmt solche Bolzen fürs Abschlachten von Rindviechern.«

»Mmh.«

»Willst nicht wissen, was mit dem Illegalen passiert ist?«

»Was ist ihm passiert?«

Arnold spürt nichts jetzt. Einen ganz ruhigen Herzschlag hat er. Er weiß ja, dass ihn der Mann studiert. Solange die Vernehmung schon geht, lässt er ihn nicht aus den Augen. Wahrscheinlich lernen sie es so auf der Polizeischule, den Befragten die Lügen von den Gesichtern abzulesen.

»Der ist durchs Fenster raus, bevor's ihm den Arsch versengt hat.«

Der Polizist lacht jetzt, lässt den Bolzen in der Jackentasche verschwinden und klappt das Notizbuch zu.

»Na dann«, sagt er, setzt die Mütze auf, grüßt das Mädchen, tippt sich an die Mütze und geht hinaus.

»Ich kann nichts dafür«, sagt das Mädchen, »er hat gesagt, er müsse unbedingt mit Ihnen sprechen.«

»Kann ich die Rechnung haben?«

Arnold lässt den Motor an. Die Wolken sind dichter jetzt, sie haben sich ineinandergeschoben, hängen durch wie volle Netze. Vielleicht sind sie beladen mit Schnee, den sie jeden Augenblick über dem Tal ausschütten werden. Er hat doch gewusst, dass sich das Wetter über den Tag noch ändern würde.

# 62

Die beiden Tage und Nächte danach vergehen ereignislos. Der Krieg ist ein ewiges Warten. Die einzige Abwechslung ist das Hin und Her des Wetters. Schnee, Regen, ein erboster Sturm, der an der Hütte zerrt. Dann wieder trockene Stunden. Sogar Sonne. Und Frost. Das Radio lässt Arnold aus. Zum ersten Mal, seit er auf dem Berg ist, mag er die Stimmen aus dem Radio nicht hören.

Am Nachmittag des dritten Tages kommt mit der Dämmerung ein Schneetreiben auf. Der Wind schleicht um die Hütte wie ein hungriger Bär. Bäume biegen sich unter den Böen, das Gatter klappert wieder.

Eigentlich mag er solche Tage. Das wilde Wetter und in der Hütte das Knistern des Feuers, die dampfende Suppe, Musik, ein Buch. Dafür kam er her auf den Berg.

Nun ist alles anders. Er kniet auf dem Sessel am Fenster. Schaut durch das Fernglas. Es ist beinah dunkel jetzt. Der gewohnte Anblick. Die steil abfallende Wiese, der Zaun, dahinter der Wald, die Lichter des Dorfes, die Berge auf der anderen Seite des Tals wie Scherenschnitte vor dem Horizont. Aber kein Frieden.

Manchmal scheinen sich die Bäume zu bewegen. Als gingen sie umher und tauschten die Plätze. Die Schneeflocken sind leicht und fedrig, wirbeln über dem Boden wie in einem Schneeschüttler. Als Junge von acht, neun Jahren waren sie Chris' große Leidenschaft. Zwei Dutzend Schneeschüttler hatte der Junge gesammelt. Engel, Feuerwehrautos, Eisbären, Eskimos, Fußballspieler. Nach dem Auszug in die Stadt hatte er sie auf dem Regal in seinem Zimmer zurückgelassen. Wo Karen sie hin und wieder abstaubte. Woran man sich so erinnert.

Ein schwarzer Vogel, groß wie ein Kinderdrachen, gleitet über die Wipfel der Bäume, schlägt einige Male mit den Flügeln, schwebt in einer weiten Kurve ins Tal. Der Mond gibt ein mattes, unklares Licht. Die Wiese ein grauweißer Teppich aus Schnee. Der Wald steht da in nassem Grau.

Gestern hat Arnold mit der Stichsäge ein Loch in die Wand zwischen Hütte und Schuppen gesägt. So kann er die Hütte unbemerkt durch den Schuppen verlassen. Aber vielleicht ist es gar nicht nötig. Vielleicht passiert nichts weiter, und der andere ist verschwunden, ist geflüchtet vor dem Feuer und dem Nachbarn, der Molotowcocktails wirft. Ist über die Höhen davon und hat irgendwo da oben längst eine andere Hütte aufgebrochen oder einen Bolzen auf einen anderen Hund, ein anderes Reh, ein anderes Auto geschossen. Oder er ist hinunter ins Dorf. Hat an der Landesstraße den Daumen rausgehalten, und ein Lastwagenfahrer nahm ihn mit, wohin auch immer. Besser wäre es. Auch wenn die Dinge dann im Unklaren blieben, ein Krieg ohne Sieger und Besiegte.

Der Hund schläft. Aber wenn Arnold sich bewegt auf dem Sofa unter dem Fenster, dann schlägt das Tier die Augen auf. Noch einmal will er sich nicht von ihm abhängen lassen.

Es schneit nicht mehr. Seltsame Stille breitet sich aus. So absolut. Die stillste Stille, die er je gehört hat. Bis auf die Krähen. Krähen sind verdammte Verräter, hat Chris gesagt. Arnold hebt den Kopf, dass er in Deckung bleibt, aber gerade noch aus dem Fenster sehen kann. Nichts ist da draußen. Die Nacht ist schwarz.

Dann knallt es. Zwei Tage und Nächte hat er darauf gewartet. Also erschrickt er nicht. Es ist nicht nur ein einzelner Knall. Es sind mehrere Geräusche gleichzeitig. Das Splittern von Glas.

Das Bersten von Holz. Ein feines, elektrisches Zischen. Der Hund springt auf, will bellen, doch es wird nur ein wütendes Röcheln. Arnold hat ihm einen Riemen ums Maul gebunden, dass man ihn bloß nicht bellen hört.

Der Wind presst schneekalte Luft durch das Loch im Glas. Er hört das Rauschen des Waldes und weiter entfernt das Fließen des Bachs. Dann noch ein Knall. Arnold duckt sich. Verdammt noch mal. Jetzt hat er sich doch noch erschrocken.

Der Knall ist wie eine Wiederholung. Glas zersplittert, Holz knirscht, der prustende Hund. Arnold geht an das andere Fenster, sieht hinaus auf die verschneite Wiese, auf den schwarzen Wald, auf das Tal voller funkelnder Häuser. Auf dem Berg die auf und ab kriechenden Lichter der Schneewalzen.

Er geht auf die Knie. Kriecht durch die Hütte. In Deckung bleiben. Die Bolzen stecken in der Wand über dem Bett. Nicht weit voneinander entfernt. Wie Bilderhaken ohne Bilder. Er sieht nach dem Fenster, berechnet die Flugbahn. Vermutlich vom Gatter geschossen.

Der Hund fiept wie ein Welpe. Arnold fasst ihm ins Fell, greift in etwas Feuchtes, Warmes, greift in Blut. Glassplitter.

»Verdammt noch mal.«

Er zieht den Hund mit sich, duckt sich unter dem Fenster durch, steigt auf den Stuhl, nimmt das Gewehr aus dem Versteck. Es fühlt sich nicht mehr schwer an jetzt, sondern stark und mächtig. Er zwängt sich durchs Loch in der Wand in den Schuppen, zieht Hund und Waffe hinter sich her. Ein muffiger, finsterer Raum. Überall Geräte, Schränke, Regale. Er tastet sich vor bis zur Klappe an der Rückseite, reißt sich an einem Nagel die Haut auf. Spürt das Blut über die Finger tropfen, leckt es ab. Er zieht die Klappe hoch, kaum größer als eine Kühlschranktür. Die Scharniere hat er geölt, dass sie nicht quietschen. Frostige Luft strömt herein. Er kriecht da hindurch, der Hund hinterher.

Der Fels ist nur eine Armlänge entfernt. Er ist nass und kalt und schroff. Arnold schultert das Gewehr, zwängt sich zwischen Fels und Hütte hindurch, bleibt in Deckung, läuft hinter der Hecke. Unterholz bricht, ein Zweig peitscht ihm das Gesicht. Beim Wald schleicht Arnold von Baum zu Baum bis an den Hochsitz heran. Lauscht. Zählt stumm bis zwanzig. Manchmal klappert das Gatter. Sonst nichts. Kein Geräusch, das nicht in den Wald gehörte.

## 63

Vor Tagen hat er aus der Stiege des Hochsitzes die Stufen herausgesägt. Man müsste schon fliegen. Er zieht die Leiter aus dem Versteck, lehnt sie von hinten an, wuchtet den Hund nach oben, holt das Gewehr hinterher, zieht die Leiter ein und hängt sie ins Geäst, dass sie vom Boden nicht zu fassen ist.

Er hat auch das Dach repariert. Nun hockt er trocken hier oben. Die Fenster sind nur noch Schießscharten jetzt. Es gibt einen Schlafsack, einen Haufen Decken, einen Vorrat an Wasser, Futter für den Hund. Er legt das Fernglas an. Einmal glaubt er, es bewege sich etwas bei dem Gatter. Aber dann ist da ein Geräusch von der anderen Seite, ganz nah bei der Hütte.

Er richtet das Gewehr dahin. Doch es ist nicht mehr zu erkennen als am Gatter, am Zaun ringsherum. Überall nur dunkles Nichts, eine schwarze Wand aus Nacht und Fichten. Der Hund stellt sich hin auf zittrigen Beinen, dreht den Kopf, will den Riemen zerbeißen, der ihm das Maul verschließt, schlägt den Schwanz hin und her.

»Sitz«, flüstert Arnold, »sitz.«

Der Hund knurrt kurz auf, aber gehorcht. Er streicht ihm übers Fell, das nass ist vom Blut. Nimmt das Fernglas in die Hand. Ein Schwenk zum Zaun. Der Mond als einziges Licht, doch so schwach, dass nur Schemen bleiben.

*Der Stärkere besiegt den Schwächeren, so geht der Krieg.*

Ein dürrer Glanz vom Gatter, vielleicht die Nässe auf dem Holz, als etwas klackt. Wie der Verschluss einer Kamera. Ein Bolzen durchschlägt das zweite Fenster der Hütte. Glas bricht, Holz splittert, es ächzt. Dann ist wieder Ruhe.

Der andere muss Augen haben, die auch bei Nacht sehen.

Arnold hält die Luft an. Wieder ein Klappern aus Richtung des Gatters. Er hört seinen Puls. Eine schnelle Folge von Schlägen. Als klopfe ihm jemand mit dem Knöchel aufs Ohr. Etwas blitzt auf in seinen Augen. Drei, vier Mal nur, aber hell wie die Sonne. Er starrt auf das Gatter, aber jetzt ist da plötzlich ein Bersten weiter oben. Vom Schuppen. Als bräche eine Holzlatte dort.

Arnold dreht sich, richtet den Lauf auf den Schuppen. Zielt. Der Schuppen lehnt am nassen Fels. Liegt still da. Ein Umriss nur. Nichts als unendliche Töne von Grau. Der Hund knurrt.

»Ruhig«, flüstert er, »sei doch ruhig.«

Eine Bewegung im Grau, ein Schatten rutscht von der einen Seite des Schuppens zur anderen. Arnold hat den Finger am Abzug, könnte schießen. Schieß doch. Nein, schieß nicht. Schieß nur, wenn du weißt, wo der andere ist.

Nicht schießen. Noch nicht. Er hat das Gewehr. Damit ist er der Stärkere. Der Stärkere besiegt den Schwächeren. Sein Herz schlägt schneller und lauter. Wenn er jetzt aufschrie, hätte er die Stimme eines Knaben. Doch er bleibt ruhig. Keine Angst.

Unter dem Hochsitz am Baumstamm, ein feuchtes Schmatzen und Tropfen. Sonst nur Stille. Er presst die Lippen zusammen. Zählt seinen Atem. Einatmen, eine Sekunde. Ausatmen, eine Sekunde. Und so weiter. Die Stille hält.

In einem der Bücher des Bildhauers hat er gelesen, ein Soldat kann Hunderte von Schüssen abgeben. Aber all diese Schüsse sind sinnlos, wenn die Kugeln ins Leere fliegen, irgendwann an Schub verlieren und zu Boden sinken wie Kirschkerne, die jemand spuckt. Nur auf die eine Kugel kommt es an, auf die Kugel, die trifft. *Sofort tot, nicht gelitten.*

Ein Vogelvieh flattert über die Wiese heran, saust auf die Hütte zu, als wollte es in das zerborstene Fenster fliegen, steigt wieder auf im letzten Moment, über das Dach, fliegt beinahe senkrecht an der Felswand empor, verschwindet aus Arnolds Sicht. Ein böiger Wind hebt an, raschelt mit den Ästen, verweht den Schnee. Irgendwo von den Höfen kommt das Keifen eines Hundes.

Der Hund will antworten, will zurückbellen, er knurrt, kratzt mit den Krallen am Holz, stellt sich auf, schiebt den Kopf an den Schießschart, heult und jault wie verrückt durch den Riemen. Arnold zerrt ihn zurück, wirft ihn auf den Schlafsack.

»Sei doch ruhig, verdammt noch mal.«

Der Bolzen ist schneller da als das Geräusch, mit dem er flog. Schlägt neben dem Schießschart ein. Arnold bleibt so, wie er ist, bewegt sich nicht. Erwartet den nächsten Schuss. Doch es kommt kein zweiter Bolzen.

Das Ding hat das Holz durchschlagen, mit dem Finger streicht Arnold über die Spitze. Stille jetzt. Der Hund hat das Maul auf den Boden gelegt, hat sich langgemacht, aber die Augen offen.

Ein Klacken am Gatter. Es ist gleichgültig, ob Arnold das

Fernglas benutzt oder nicht. Die Finsternis bleibt undurchdringlich für ihn. Obwohl er nicht weiß, ob der andere den Hund gehört hat und wo sein Gegner ist, ob er sich anschleicht an den Hochsitz oder an die Hütte, Arnold hat nicht die leiseste Sorge, den Krieg zu verlieren. Er ist jetzt schon länger gut mit sich, streicht über den Schaft des Gewehrs, fühlt nach dem Messer. Ein gutes Gewehr, ein scharfes Messer.

Was soll der andere ausrichten gegen ihn?

Zeit vergeht. Der Wind treibt kalte Böen über den Hang. In zwei Stunden etwa wird es dämmern. Wieder streift ein Vogel über den Hochsitz. Ein Schimmern von etwas Metallischem oder Weißem beim Gatter, nicht länger als eine Sekunde nur. Vielleicht hat der andere den Mund geöffnet, und der Mond reflektierte auf seinen Zähnen. Weiter oberhalb der Stelle, wo er den anderen eigentlich vermutet hat.

Jetzt, als er den Lauf des Gewehres da hindreht, wo das Schimmern war, ist alles ruhig in ihm. Sein Herz ist ruhig, der Puls nicht zu spüren. Schieß nur, wenn du weißt, wo der andere ist.

Er drückt ab.

Ein Knall wie ein Donnerschlag. Der ein Echo bekommt aus dem Tal. Arnolds Ohr ist taub. Der Hund springt auf, ist nicht mehr zu halten, kämpft mit dem Riemen, stößt gegen Arnolds Rücken, gegen die Wände. Die dummen Vögel schreien vor Angst, die schlauen Vögel fliegen davon. Er zieht den Hahn durch, wieder und wieder zieht er, schießt das Magazin leer, schießt auf das Gatter, in die Finsternis, wo der Schimmer war, durchlöchert Meter für Meter die schwarze Luft, lädt nach, es geht schnell. Er hat das Laden geübt, schießt noch ein weiteres Magazin leer.

Während er schießt, jault der Hund unentwegt. Arnold

schwitzt, lädt nach, feuert weiter. Greift nach dem Fernglas. Es bleibt ein Blick ins Nichts. Der Schnee, schwarze Stämme, das Gatter, der Zaun, der Wind, der den Vorhang aus dem Fenster zerren will.

Weiter geschieht nichts. Keine Bolzen, keine Schatten, die sich bewegen. So vergeht die Nacht. Arnold in die Decken gewickelt auf dem Hochsitz. Der Hund schläft unter dem Schlafsack. Wenn er nach ihm greift, jault der leise.

Es schneit wieder. Weihnachtsschnee, sagte Karen, wenn es so schneite wie jetzt. Dichter flockiger Schnee, der sanft zu Boden sinkt und alles schützt, wie die wollene Decke über einem schlafenden Kind.

## 64

In der Stunde zwischen Nacht und Tag scheinen die Fichten aus dem Wald herauszutreten, scheinen vorzurücken wie eine Truppe Infanteristen. Über die Baumgrenze streicht ein wattiger Nebel. Es schneit jetzt nicht mehr, nur hin und wieder sinkt Schneegriesel zu Boden. Die Laternen im Tal schalten sich automatisch ab. Auf der Landesstraße schwillt der Strom der Autos an. Arnolds Hütte, der Zaun und das Gatter wachsen langsam aus Nebel und Dunkelheit.

Viel länger könnte er die Kälte auch nicht ertragen. Sie sitzt ihm in allen Knochen. Er hat sich den Schal in den Mund geschoben, dass ihm die Zähne nicht klappern. Verdammt noch mal, beinahe wäre ihm die Leiter aus den steif gefrorenen Händen gerutscht. Gerade noch bekommt er sie zu fassen, lässt sie vorsichtig zu Boden. Zuerst trägt er den Hund hinunter, dann holt er das Gewehr.

Die Skulpturen ruhen unter dem Schnee wie gefallene Soldaten. Der Hund humpelt hinter ihm her. Er zwängt sich in den Spalt zwischen Hütte und Fels. Eiszapfen hängen meterlang vom Stein herab. Stille. Der Frost lässt ja alles erstarren. Er steigt auf einen Vorsprung und überblickt sein Land. Nichts. Keine Spuren im Schnee, keine Regung.

Er beugt sich über den Hund und löst den Riemen. Der Hund geht achtlos davon, als sei er wütend auf Arnold. In dem Schnee hat er Mühe, voranzukommen. Bis zum Bauch sinkt er ein. Aber er hat ein Ziel, von dem er nicht abweicht. Er wühlt sich durchs Weiß bis hin zu dem Gatter, wo er den Kopf reckt und bellt.

Der Schnee ist überall. Auf der Klinke des Gatters, auf jedem noch so schmalen Zweig, selbst der Stacheldraht hat eine feine Kruste. Nur auf der Spitze des Schuhs ist kein Schnee. Was merkwürdig ist. Es ist ein Sportschuh. Der linke Fuß. Der Körper wölbt den Schnee ein wenig auf. Er scheint auf dem Rücken zu liegen. Die Beine angewinkelt. Als wollten sie im letzten Moment eine andere Richtung nehmen. Die Arme ausgestreckt zu beiden Seiten.

So ist es im Krieg. Der Stärkere besiegt den Schwächeren.

Arnold belässt den Schnee auf dem Kopf des Toten. Zieht ihm von hinten einen Sack über, dass er das Gesicht des Anderen gar nicht erst ansieht und sich so nie im Leben daran erinnern muss. Was man in den Kopf lässt, geht so leicht nicht wieder heraus.

Der tote Körper ist steif gefroren. Arnold packt ihn unter. Der Andere ist schwer. Er keucht, als er ihn auf die Schubkarre zieht. Er holt ein Seil aus dem Schuppen und bindet den Körper fest. Er hebt die Karre an. Schiebt los. Mit jeder Bewegung glitscht Schnee von den Kleidern des Toten. Eine grüne Jacke und eine blaue Hose. Und die Sportschuhe. Das Loch in der Brust hat den Durchmesser einer Münze. An den Rändern Blut, das in den Stoff der Jacke gezogen ist. Rostrot.

Der Weg ist tückisch auf dem Schnee. Kopf, Arme und Beine des Anderen federn über den Rand. Arnold schafft immer nur ein paar Schritte, muss die Schubkarre absetzen, muss Luft holen, sich abstützen, muss den Speichel ausspucken. Irgendwo über ihm schlagen Vögel mit den Flügeln. Aasgeier, wenn es hier Aasgeier gäbe. Dazu das gewohnte Ächzen der Bäume, das Rauschen des Bachs.

Als er den Pick-up ins Dorf lenkt, ist es Morgen. Dem Hund tropft das Wasser aus dem Fell, er hält den Kopf unter das Armaturenbrett. Kein Radio. Der Motor brummt gleichmütig. Ein früher Wanderer tritt zur Seite und lässt den Wagen passieren.

Arnold ist von einer merkwürdigen Ruhe erfüllt. Als verrichte er eine gewöhnliche Arbeit. Er fährt langsam, spurt das erste Reifenprofil des Tages in den Schnee. An der Baumgrenze biegt er in die Dorfstraße ein. Bei der Bäckerei steht Kundschaft an. Zwei alte Frauen auf dem Weg zur Morgenandacht. Am Hotel schiebt der Räumer den Schnee an die Zäune, die Zimmermädchen sind auf dem Weg zum Dienst.

Niemand wird in Arnolds Pick-up etwas anderes sehen als das Auto des wundersamen Bewohners der Hütte des wundersamen Bildhauers. Man wird glauben, er fährt mit dem Hund zum Einkauf oder Wandern oder Skifahren und hat unter der Plane den Proviant, vielleicht auch ein Paar Skier und feste Schuhe.

Wahrscheinlicher aber ist, dass keiner der Passanten überhaupt einen Gedanken auf ihn verwendet.

# 65

An der Auffahrt zur Landesstraße setzt er den Blinker, reiht sich ein in die Karawane nach Süden. Er fährt gedankenleer, fährt zuerst tief in den Süden, zweigt später dann nach Osten ab. Den Namen des Ziels hat er im Kopf wie den Refrain eines fast vergessenen Liedes.

Als das Benzin zur Neige geht, tankt er nach und nimmt einen schnellen Snack. Vor sechzehn, siebzehn Jahren war er mal hier. Ein verregneter Sommer. Karen vertrat sich den Fuß und verbrachte die Ferien auf der Terrasse des Campingplatzes. An manchen Tagen wanderte er mit dem Jungen über die Höhen und durch die Wälder, sie sammelten Pilze und Beeren und Blumen für Karen, und in jedem Dorf, in das sie kamen, ließ sich der Junge ein Wanderabzeichen an den Stock nageln.

Er erkennt das Dorf am Brunnen und an der Kapelle beim Friedhof. Der Gasthof hat die Leuchtreklame einer anderen Biermarke jetzt. Zwei Traktoren sind dort abgestellt. Hinter dem Gasthof liegt ein Fußballplatz, wo Arnold mit dem Jungen kickte. Aus dem Rathaus wuchert ein gläserner Anbau. Es dämmert. Drei Schulkinder lachen an der Haltestelle des Postbusses. Auf einer Leiter ein Alter, der einen Apfelbaum zurückschneidet. Der Drogeriemarkt ist hell erleuchtet, die Kassiererin ist mit der Ware allein.

Hinter dem Ortsschild biegt er von der Straße ab. Der Weg dort führt in engen Windungen auf die höchste Stelle über der Schlucht. Damals war es eine Schotterstrecke gewesen, selten benutzt, das Unkraut stand kniehoch über dem Boden. Jetzt ist da Asphalt. Möglich, dass dort oben Häuser errichtet wurden, wenn der Weg jetzt geteert ist.

Arnold wird langsamer, überlegt zu wenden, nach einem

anderen Platz zu suchen. Nein. Er kennt keinen anderen Platz hier und ist so lange schon unterwegs, also fährt er weiter.

Merkwürdigerweise liegt kaum Schnee auf der Straße, auch nicht im Wald. Da ist nur ein schwacher Griesel. Es ist kalt, und an den Bäumen glitzert Frost. Auf halber Höhe ist die Asphaltierung zu Ende, und es geht weiter auf Schotter. An der Einfahrt zum Forstweg ist eine Schranke. Er steigt aus, schiebt den Schlagbaum hoch. Der Wind ist eiskalt, der Hund bellt und will aus dem Wagen springen.

»Sitz«, sagt Arnold, »sitz.«

Es ist beinahe dunkel jetzt, ein Zwielicht, als sei das Gebirge in eine schwarze Wolke gehüllt. Er fährt langsam, fährt ohne Scheinwerfer. Am Ende des Forstwegs hockt der Gasthof düster und unbewirtschaftet da wie eine riesige tote Kröte. Die leeren Apfelbäume sind Gespenster. Das Fallobst ist zu Stein gefroren.

Nicht weit hinter dem Hof beginnt die Schlucht. Alle zehn, zwölf Schritte sind Warnschilder aufgestellt. Sie warnen vor dem Abgrund, der nur ein schmaler Spalt ist, zwanzig, dreißig Meter von der einen zur anderen Kante, mehr nicht, doch so tief, als hätte sich die Erde hier irgendwann einmal in zwei Hälften teilen wollen.

Arnold und Chris hatten sich flach auf den Bauch gelegt, als sie über den Rand sahen, und gelacht, weil sie ihre Spucke aus den Augen verloren, lange bevor sie den Boden erreichte.

Er hat keinen anderen Gedanken als das, was zu tun ist. Er schlägt die Plane zurück, zieht den Anderen von der Ladefläche, stützt den Körper, dass er ihm nicht auf den Boden schlägt. Der Hund streicht ihm um die Füße.

»Geh doch weg«, sagt er.

Der Hund heult auf, und Arnold schleift den Körper bis an

den Zaun. Alle vier, fünf Schritte sind schwere Eisenpfosten in den Boden gerammt. Ein brusthoher fester Maschendraht ist aufgezogen. Nein, man könnte nicht mehr bäuchlings an die Kante heran und herunterspucken.

Sie haben einen Zaun gezogen um unsere Schlucht, Chris. Hörst du?

Er hebt den Körper an, schiebt ihn auf den Zaun. Für einen Moment hält er inne, lauscht nach irgendeinem Geräusch, aber da ist nichts außer dem Wind in den Bäumen. Arnold schiebt den Körper weiter, greift nach den Knien, der Körper wird leicht, fliegt davon, stürzt in die Dunkelheit, versinkt in dem Spalt, der sich unter ihm ausstreckt wie ein schwarzer Schlund.

Erst wieder beim Dorf schaltet Arnold die Scheinwerfer ein, dann auch das Radio. Er ist müde von der Nacht und dem Tag, doch zufrieden und gleichmütig wie lange nicht, als hätte er eine langwierige Arbeit beendet.

Der Hund setzt sich auf, leckt ihm die Hand, sieht aus dem Fenster. So fahren die beiden über Land. Irgendwann beginnt die Schnellstraße. Sie hören Musik aus dem Radio, ein einzelnes Klavier nur, er sieht die Töne vor sich, sie schwimmen in einem breiten Fluss, fließen an eine Kante, werden zu einem Wasserfall aus Klang.

Der Hund lässt die Straße nicht aus den Augen. Die Nacht ist eine Unendlichkeit. Als der nächste Tag schon dämmert, findet Arnold auf einem Sender die Hits seiner Jugend. Dylan, The Who und Clapton. Manchmal singt er die Lieder mit, die er längst vergessen glaubte.

# SIEBTER TEIL

## 66

Unbeirrt verrichten die Scheibenwischer ihre Arbeit. Ein nieselnder Regen geht nieder. Arnold hält das Lenkrad mit zwei Fingern. Als fühlte er dem Pick-up den Puls. Seit dem Tag, als er auf den Berg fuhr und den Stein übersah, vibriert das Lenkgestänge. Es war am ersten Tag des Krieges. Lange her.

Jetzt ist nach dem Krieg. Doch nach jedem Krieg beginnt irgendwann ein neuer. So war es immer, und so wird es immer sein. Vielleicht, weil der Frieden den Menschen ein Zustand ist, den sie gar nicht ertragen. So hat Arnold es im Geschichtsunterricht gesagt.

Die Schüler machten erstaunte Gesichter. Der Direktor bekam eine schriftliche Beschwerde von der Elternvertretung deswegen. Wieso ein Lehrer mit seinem Gerede von einem baldigen Krieg den Kindern Angst einjagt?

Arnold lächelt. All das Vergangene ist jetzt so weit entfernt. Irgendwann wird er sich nicht mehr erinnern können, ob er es den Schülern tatsächlich so sagte oder ob er es nur glaubt.

Er kurbelt das Fenster einen Spalt weit herunter und lässt den Zigarettenrauch hinaus. Der Hund drückt sich warm an seine Hüfte und stiert auf die Straße. Kilometer um Kilometer frisst der Pick-up die Markierungsstreifen vom Asphalt. Die

Autobahnen meidet Arnold. Ihm ist es lieber, übers Land zu fahren.

Vor Stunden schon ist der Schnee zu Regen geworden. Mit jedem Kilometer, den sie nach Norden fuhren, wurde es weniger. Hinter München lag der Schnee nur noch dünn auf wie Papier, und dann war er weg. Das Land nahe der Küste ist grün und braun und grau. Erstreckt sich zu beiden Seiten der Straße mit Weiden und Äckern und Moorland, manchmal sind da auch Laubwälder ohne Laub oder Seen und Tümpel. Hier und da hockt ein Gehöft am Ende der Wege.

Die Straßendörfer sind sauber gefegt und haben Bäckereien, Drogerien und Friseursalons, manche auch Fremdenzimmer. Seit einem Dutzend Kilometern fahren sie an einem Fluss, von dem Arnold dachte, er fließe ihnen entgegen. Aber so ist es nicht. Der Fluss will auch nach Norden und mündet dort ins offene Meer.

Er schließt zu einem Volvo auf. Ein Modell aus den Siebziger Jahren. Knallroter Lack. Die beiden Alten in dem Auto lachen und bewegen die Köpfe im Rhythmus einer Musik, die sie vermutlich an die Zeit erinnert, als sie und der Volvo noch jung waren. Arnold überholt, und der Hund gähnt.

»Ist dir auch langweilig?«, fragt Arnold.

»Wie kommst du darauf?«

»So wie dem Hund.«

»Ein Hund kann sich doch gar nicht langweilen, oder?«

»Ich glaube schon.«

Sie lacht. Er hört es gern, wenn sie lacht. Anne greift nach dem Hund, fasst ihm ins Fell. Der reckt ihr den Kopf zu, so hat er es gern. Er leckt sich das Maul, knurrt ein wenig. Der Hund mochte Anne schon, als er sie das erste Mal sah. Hunde wissen, wann ein Mensch es ehrlich meint mit ihnen.

Das Meer ist noch eine halbe Stunde entfernt. Sie hören die Musik nun schon zum zweiten Mal. Über dem rumpelnden Blues schwebt die scherbige Stimme des Sängers.

»Habe ich dir eigentlich erzählt, was der Doc über Seasick Steve gesagt hat?«

»Nein, was denn?«

»Dass er nicht fähig ist, ein Leben zu führen, das Gott und seinen Nachbarn gefällt.«

Sie lachen. Für einige Hundert Meter Straße bringt die Sonne den Asphalt zum Glitzern, und Arnold klappt die Blende herunter. Schon am Ende der Chaussee verschwindet sie wieder hinter den Wolken. Wenn alles gut läuft, werden sie es schaffen, rechtzeitig dort zu sein.

»Ich habe dir bestimmt schon dreimal erzählt, was der Doc über Seasick Steve gesagt hat, gib es zu.«

»Nein, erst zweimal«, sagt Anne und lacht.

Er dreht die Musik ein wenig lauter, und der Hund fängt zu jaulen an.

»Du hast einfach keine Ahnung von guter Musik«, sagt er zum Hund, und wieder ist da ein Lachen zwischen ihm und Anne.

Als er von der Fahrt zur Schlucht zurückkam zur Hütte, da dachte er nicht mehr an Krieg. Zwei Tage und zwei Nächte dachte er über nichts anderes nach, als sie anzurufen. Oder die Postkarte mit ihrer Telefonnummer ins Kaminfeuer zu werfen. Am dritten Tag fuhr er hinunter ins Dorf, ging aufs Postamt und rief sie schließlich an.

Er schaltet in einen höheren Gang. Er stößt mit der Hand an ihr Knie, und Anne berührt ihn bei den Fingern. Vor einem Dorf bremst er ab, schaltet herunter und sie lässt ihn los. Die frei gewordene Hand legt Arnold dem Hund in den Nacken. Die Band von Seasick Steve stolpert in einen letzten Akkord.

»Noch nie in meinem Leben bin ich so hoch im Norden gewesen«, sagt Anne.

Arnold weiß nicht, was er darauf antworten soll. So ist es oft, dass ihm keine Antworten einfallen wollen. Vielleicht hat er zu lange schon geschwiegen dort oben auf dem Berg, dass er es verlernt hat, eine Unterhaltung zu führen.

»Und gefällt dir der Norden?«, fragt er, als das Dorf längst hinter ihnen liegt und am Horizont das Meer schimmert.

»Ja, sehr sogar. Ich mag den Geruch der See.«

»Und ich mag die Möwen.«

»Nur wenige mögen die Möwen. Manche sagen, sie sind wie Ratten.«

»Gegen Ratten habe ich auch nichts«, sagt er und grinst.

»Du bist ein seltsamer Vogel, Arnold.«

»Weil ich die Möwen mag?«

»Nein, wegen allem.«

Er überholt einen Traktor, zieht den Wagen auf die rechte Fahrbahnseite. Ein erster Wegweiser zum Hafen taucht auf.

»Und magst du seltsame Vögel?«

»Die mag ich mehr als alle anderen.«

»Magst du sie ungefähr so, wie ich die Möwen mag?«

»Das könnte hinkommen.«

Sie zündet sich eine Zigarette an, nimmt ein paar Züge, beugt sich zu ihm und schiebt sie zwischen seine Lippen. Als der Rauch in die Fahrerkabine treibt, kneift der Hund die Augen zusammen. Über der Straße kreisen die Möwen. Sie lassen sich vom Wind tragen, und ihre Schreie machen Arnold Fernweh.

An der Fähre warten acht, neun Wagen. Von Osten peitscht

der Wind übers Meer. Türmt Wellen auf. Der Ruß aus dem Schornstein der Fähre mischt sich unter das Grau der Wolken. Regen peitscht über das Deck, weshalb die meisten Passagiere die Überfahrt in der Cafeteria verbringen. Aus dem Bauch des Schiffes wummert der Diesel. Die Leute lachen oder stöhnen, wenn sich das Schiff auf eine Woge setzt oder gleich darauf in ein Wellental sinkt.

Der Hund liegt ihnen zu Füßen. Sie sehen durch das Bullauge aufs Meer. Manchmal flattert eine Möwe vorbei, Seewasser sprüht über die Reling.

»Wollen wir an Deck gehen?«, fragt er.

»Ja, gern«, sagt sie.

Der Wind ist scharf und kalt, die Luft nass und salzig. Sie lehnt sich an, und Arnold bleibt so, geht nicht näher, weicht aber auch nicht zurück. Weitete sich das Meer jetzt und verlängerte sich die Überfahrt um Stunden, Tage oder Wochen, er wäre nicht böse darum, mag das Meer auch noch so wüten.

Als das Land in Sicht kommt und das Schiffshorn dröhnt, erschrickt der Hund. Möwen lauern über der Fähre. Es riecht nach Diesel und Fisch und Salz und dem Meer. Noch einmal dröhnt das Horn. Der Hund duckt den Kopf und jault. Anne lacht, und Arnold umarmt das Tier, dass es nicht verrückt wird von dem Lärm.

Die schweren Schiffstaue werden um die Poller gelegt. Über Lautsprecher werden die Fahrer zu ihren Wagen gerufen. Ein frierender Mann in ölverfleckter Jacke lotst die Autos vom Parkdeck, entlässt sie in das graugeregnete Land. Als Arnold den Pick-up aus dem Bauch des Schiffes fährt, glaubt er für diesen Augenblick, es sei Karen, die mit dem Hund unter den anderen Passagieren am Fährhaus wartet und sich gegen den Wind und den Regen duckt.

Er erschrickt über seinen Irrtum. Es vergeht unendlich viel Zeit, bis eine vergangene Liebe nur noch eine Erinnerung ist und kein Schmerz mehr. Wenn es überhaupt je gelingt. Anne winkt und lacht, als sie ihn entdeckt. Arnold bremst ab, drückt die Beifahrertür auf. Anne und der Hund steigen ein. Der Hund springt über den Sitz und schüttelt den Regen aus seinem Fell.

»Was bist du doch für ein blöder Hund«, sagt Arnold und wischt sich das Wasser aus dem Gesicht.

Sie lachen. Von irgendwoher zieht Anne ein Handtuch hervor und reibt den Hund damit ab. Der Pick-up rumpelt über das Kopfsteinpflaster, wo Lastwagen, Omnibusse und ein Kran rangieren. Regen weht waagerecht übers Land. Die Bäume beugen sich dem Wind. Einzelne Böen zerren und schieben an dem Pick-up, als wollten sie ihn von der Straße drücken.

»Sollen wir noch mal Seasick Steve hören?«, fragt Anne.

Arnold nickt, und der Blues tuckert wie ein klappriger Traktor. Die Stimme von Seasick Steve füllt den Raum, dem Hund fallen die Augen zu.

Karen ist zur Seite gerückt, um ein wenig Platz zu machen in Arnolds Herz. Er nimmt Annes Hand. Karen ist für immer fort. Der Junge auch. Aber Anne ist da. Und der Hund ist es auch. Es ist eine Gleichung aus Verlusten und Gewinnen, die niemals aufgehen kann. Eine unlösbare Rechnung, banal und kompliziert zugleich, so, wie das Leben eben.

Sicher wird es irgendwann wieder Krieg geben. Vielleicht wird dieser Krieg furchtbarer sein als alle Kriege zuvor.

Aber jetzt, denkt Arnold, jetzt gerade ist Frieden.

JOCHEN RAUSCH

# *Trieb*

13 Storys

Jochen Rausch fokussiert in »Trieb« den Punkt, wo die kleinen Macken und größeren Leidenschaften zum tödlichen Exzess führen. Wo die extremen Handlungen möglich und folgerichtig erscheinen. Und oft genug die Grenzen zwischen Opfern und Tätern verschwimmen. So sind 13 Storys entstanden, die mit ihrer Wahrhaftigkeit aufwühlen und mit ihrer Direktheit faszinieren. Und das in einer Sprache, die nichts braucht als Präzision und die Plausibilität des Geschehens.

»Es wird Sie umhauen!« *Spiegel Online*

»Jochen Rauschs Geschichten von Morden im Affekt erzählen außerordentlich pointiert vom geheimen inneren Leben der Deutschen.« *Süddeutsche Zeitung*

»Radikale, aufwühlende, absurde Geschichten, schockierender als jeder TV-Krimi.« *Bild am Sonntag*

BERLIN VERLAG